ほねがらみ

芦花公園

ほねがらみ●目次

主な登場人物

私……大学病院に勤務して九年目の、男性医師
木村沙織……「私」とはSNS上の知人。兼業漫画家として、「きむらさおり」の名で活動
由美子……専業主婦。木村沙織と同じ大学出身。大学病院の患者か(?)
中山……「私」と同じ大学病院に勤める女性看護師。自称「霊感あり」
先輩……「私」の先輩医師
佐野道治……「先輩」の担当患者
雅臣……佐野道治の大学時代の同級生。出版社に勤務し、オカルト関連の書籍を担当
ユキちゃん(裕希)……佐野道治の妻か(?)。雅臣とは従兄妹どうし
ドミニク・プライス……ホラーコレクターの男性。大学職員だったが、すでに亡くなっている
鈴木舞花……シングルマザー。娘の茉莉と、田舎に移住
鈴木茉莉……舞花の娘。小学生
Tさん……地元の権力者。橘家の誰かか(?)
斎藤晴彦……「私」の友人の学者。民俗学を専門に研究
水谷……「私」の後輩
鳥海……斎藤晴彦の知人女性

橘家

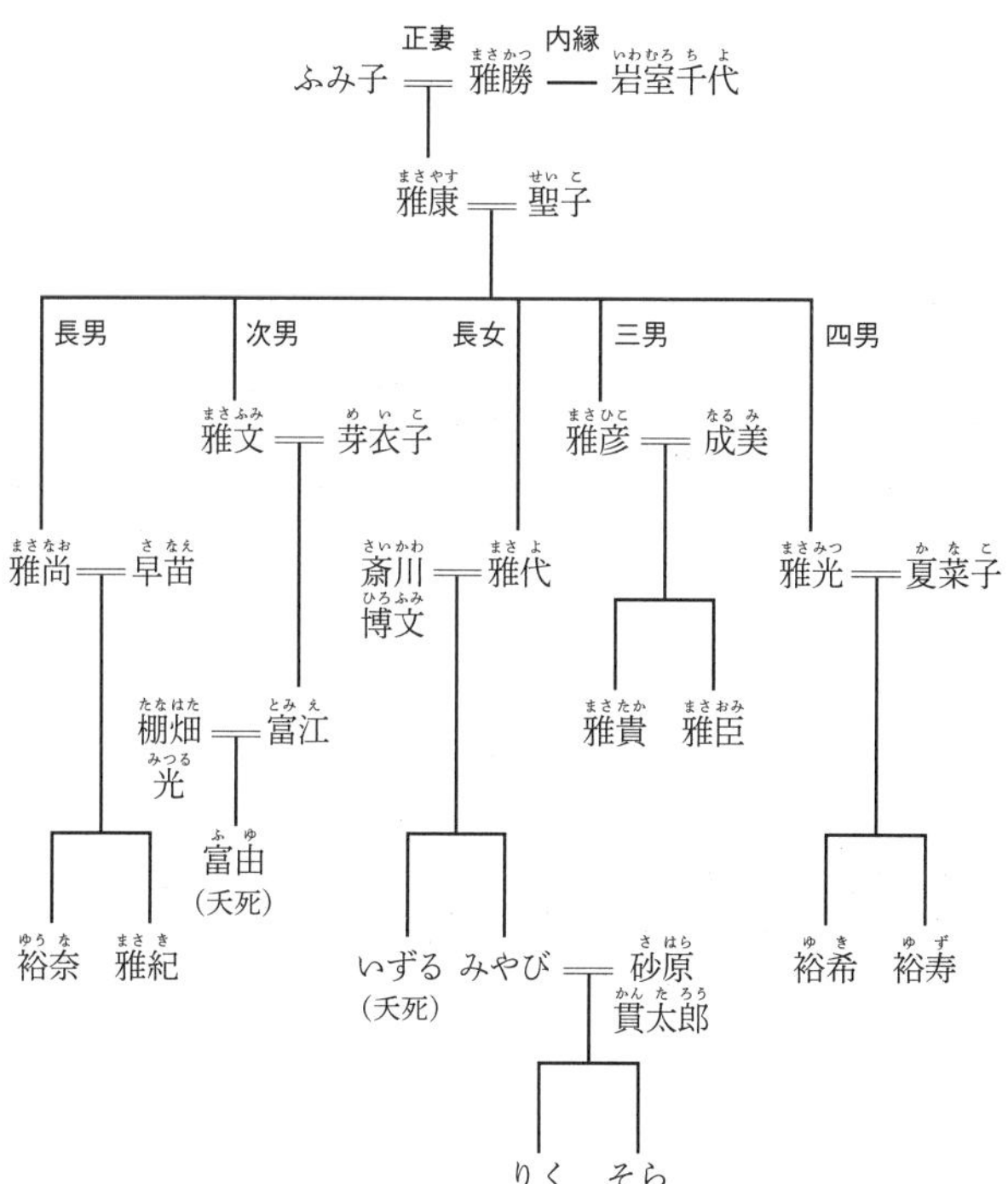
正妻
内縁
ふみ子
雅勝
岩室千代
雅康
聖子
長男
次男
長女
三男
四男
雅文
芽衣子
雅彦
成美
雅尚
早苗
斎川博文
雅代
雅光
夏菜子
棚畑光
富江
雅貴
雅臣
富由
（夭死）
裕奈
雅紀
いずる
（夭死）
みやび
砂原貫太郎
裕希
裕寿
りく
そら

ほねがらみ

はじめに

はじめにお伝えしたいことがある。

私の趣味は怪談の収集であり、ここでは私が集めたもの、私のもとに集まってきたものを記録している。

そして、今回ここに書き起こしたものには、全て奇妙な符合が見られる。

私は、霊能力者や拝み屋や寺の住職、神社の神主、民俗学者などの研究職——といった怪異に関連するような仕事についているわけではない。普段は大学病院で働く九年目の医師だ。しかし子供の頃からずっと怖い話が好きだった。

父は怪異譚（かいいたん）や伝奇の好きな人で、幼い頃、よくそういった話を聞かせてくれた。その影響で私は、「恐怖」にどうしても惹きつけられてしまう人間に育った。

もともとは単に怖い話を読むのが好きだった。勿論映像作品や漫画も好きだったが——幼少期に観たスティーヴン・キング原作の『ＩＴ』ドラマ版などは、しばらく眠れなくなるほど怖かったし、日野日出志や伊藤潤二などの描く不気味ながら幻想的で美しい世界にも魅せられた――しかし、私に一番合っていた媒体は書籍だった。

図書室に置いてあった「怪談レストラン」シリーズ、「学校の怪談」シリーズなどを早々に卒業し、そのあとはしばらく「新耳袋」などの実話系怪談を読み漁った。しかし、貴志祐介の『天使の囀り』を読んだことをきっかけに、私の興味はホラー小説に移っていく。プリミティブな恐怖に加えて、巧みに練り上げられた、読んだ後に残る恐怖以外の何か、快感のようなものを欲した。――つまり私の求める恐怖には「実」だけではなく「虚」の部分が必要だったのだ。

数々の素晴らしいホラー小説、平山夢明だとか、恒川光太郎だとか、道尾秀介だとかの作品にも出合い、夢中になった。そういった中でも、私が最も好きだったのは、三津田信三の作品である。中でも、「幽霊屋敷シリーズ」と呼ばれる三作品には強く惹かれた。三津田氏が様々なツテをたどって集めた恐怖譚を担当編集と一緒に考察していく。そのうちに、それらの恐怖譚が行きつく先が一軒の幽霊屋敷であることに気付く――というような内容だ。

三津田氏の卓越した筆力と、幅広い知識によって支えられたこれらの作品は、（小説というジャンルであるため）明確に「虚」であるのだが、全くそう思わせない力がある。

まさに「虚実皮膜のあわい」である。

この小説を読んでから、私は変わった。

どう変わったかというと、実話の怪談を集めるようになったのだ。

「幽霊屋敷」シリーズの三津田氏のように、怪談を集めていくと、もしかして何かにたどり着くのではないか、と考えるようになったのである。

最初のうちはネットが主な収集の場だったが、次第に職場のスタッフから集めるようになった。大学病院である。そういった話の宝庫だし、比較的理解がある職員も多い。また、患者からも度々そういう話を聞く。患者と信頼関係を築くために雑談をしていると、自然に趣味の話になり、私のホラー好きに理解を示した患者は、その後もちょくちょく怖い話を持ってきてくれる。

「幽霊屋敷」シリーズにある、ひとつの映画をワンシーンずつ断片的にまったくバラバラのタイミングで見せられているような感覚。この感覚を味わいたくて始めた怪談収集だったが、幸いにも私は今まさにその感覚を味わっている。

私が今書いているこれは、元はネットに放流したネット小説であったわけだから、ネットの話を例に出そう。

これを読む読者の大半、五十より下の世代であろう人は、某巨大掲示板のスレッド、

「洒落怖（しゃれこわ）《死ぬ程洒落にならない怖い話を集めてみない?》」をご存知だろう。「洒落怖」を知っている人なら誰もが知っていると言っても過言ではない「くねくね」という話がある。おそらく初出はこの書き込みだ。

212 名前：あなたのうしろに名無しさんが・・・投稿日：2001/07/07（土）
01:28
わたしの弟から聞いた本当の話です。
弟の友達のA君の実体験だそうです。
A君が、子供の頃A君のお兄さんとお母さんの田舎へ遊びに行きました。
外は、晴れていて田んぼが緑に生い茂っている頃でした。
せっかくの良い天気なのに、なぜか2人は外で遊ぶ気がしなくて、
家の中で遊んでいました。
ふと、お兄さんが立ち上がり窓のところへ行きました。
A君も続いて、窓へ進みました。
お兄さんの視線の方向を追いかけてみると、人が見えました。
真っ白な服を着た人、(男なのか女なのか、

その窓からの距離ではよく分からなかったそうです）
が１人立っています。
（あんな所で何をしているのかな）と思い、
続けて見るとその白い服の人は、くねくねと動き始めました。
（踊りかな？）そう思ったのもつかの間、
その白い人は不自然な方向に体を曲げるのです。
とても、人間とは思えない間接*の曲げ方をするそうです。
くねくねくねくねくねと。
Ａ君は、気味が悪くなり、お兄さんに話しかけました。
「ねえ。あれ、何だろ？　お兄ちゃん、見える？」
すると、お兄さんも「分からない。」と答えたそうです。
ですが、答えた直後、お兄さんはあの白い人が何なのか、分かったようです。
「お兄ちゃん、分かったの？　教えて？」とＡ君が、聞いたのですが、
お兄さんは「分かった。でも、分からない方がいい。」と、
答えてくれませんでした。
あれは、一体なんだったのでしょうか？

今でも、A君は、分からないそうです。
「お兄さんに、もう一度聞けばいいじゃない？」と、
私は弟に言ってみました。
これだけでは、私も何だか消化不良ですから。
すると、弟がこう言ったのです。
「A君のお兄さん、今、知的障害になっちゃってるんだよ。」

また、この書き込みの数ヶ月後にこのような書き込みが行われる。

212 名前：あなたのうしろに名無しさんが・・・投稿日：2002/03/21（木）
04:17
それは小さい頃、秋田にある祖母の実家に帰省した時の事である。
年に一度のお盆にしか訪れる事のない祖母の家に着いた僕は、
早速大はしゃぎで兄と外に遊びに行った。
都会とは違い、空気が断然うまい。
僕は、爽やかな風を浴びながら、兄と田んぼの周りを駆け回った。

そして、日が登*りきり、真昼に差し掛かった頃、ピタリと風か*止んだ。

と思ったら、気持ち悪いぐらいの生緩*い風が吹いてきた。

僕は、「ただでさえ暑いのに、何でこんな暖かい風が吹いてくるんだよ！」と、さっきの爽快感を奪われた事で少し機嫌悪そうに言い放った。

すると、兄は、さっきから別な方向を見ている。

その方向には案山子（かかし）がある。

「あの案山子がどうしたの？」と兄に聞くと、兄は「いや、その向こうだ」と言って、ますます目を凝らして見ている。

僕も気になり、田んぼのずっと向こうをジーッと見た。

すると、確かに見える。


何だ……あれは。


遠くからだからよく分からないが、人ぐらいの大きさの白い物体が、くねくねと動いている。

しかも周りには田んぼがあるだけ。

近くに人がいるわけでもない。

僕は一瞬奇妙に感じたが、ひとまずこう解釈した。

「あれ、新種の案山子（かかし）じゃない？　きっと！　今まで動く案山子なんか無かったから、農家の人か誰かが考えたんだ！　多分さっきから吹いてる風で動いてるんだよ！」

兄は、僕のズバリ的確な解釈に納得した表情だったが、その表情は一瞬で消えた。風がピタリと止んだのだ。

しかし例の白い物体は相変わらずくねくねと動いている。

兄は「おい…まだ動いてるぞ…あれは一体何なんだ？」と驚いた口調で言い、気になってしょうがなかったのか、兄は家に戻り、双眼鏡を持って再び現場にきた。

兄は、少々ワクワクした様子で、「最初俺が見てみるから、お前は少し待ってろよー！」と言い、
はりきって双眼鏡を覗いた。

すると、急に兄の顔に変化が生じた。

みるみる真っ青になっていき、冷や汗をだくだく流して、
ついには持ってる双眼鏡を落とした。

僕は、兄の変貌ぶりを恐れながらも、兄に聞いてみた。

「何だったの?」

兄はゆっくり答えた。

「わカらナいホうガいイ……」

すでに兄の声では無かった。

兄はそのままヒタヒタと家に戻っていった。

僕は、すぐさま兄を真っ青にしたあの白い物体を見てやろうと、落ちてる双眼鏡を取ろうとしたが、兄の言葉を聞いたせいか、見る勇気が無い。

しかし気になる。

遠くから見たら、ただ白い物体が奇妙にくねくねと動いているだけだ。

少し奇妙だが、それ以上の恐怖感は起こらない。

しかし、兄は……。

よし、見るしかない。

どんな物が兄に恐怖を与えたのか、自分の目で確かめてやる!

僕は、落ちてる双眼鏡を取って覗こうとした。

その時、祖父がすごいあせった様子でこっちに走ってきた。
僕が「どうしたの？」と尋ねる前に、
すごい勢いで祖父が、
「あの白い物体を見てはならん！　見たのか！　お前、その双眼鏡で見たのか！」
と迫ってきた。
僕は「いや……まだ……」と少しキョドった感じで答えたら、祖父は「よかった……」
と言い、安心した様子でその場に泣き崩れた。

僕は、わけの分からないまま、家に戻された。
帰ると、みんな泣いている。
僕の事で？　いや、違う。
よく見ると、兄だけ狂ったように
笑いながら、まるであの白い物体のようにくねくね、くねくねと乱舞している。
僕は、その兄の姿に、あの白い物体よりもすごい恐怖感を覚えた。
そして家に帰る日、祖母がこう言った。

「兄はここに置いといた方が暮らしやすいだろう。

あっちだと、狭いし、世間の事を考えたら数日も持たん……うちに置いといて、何年か経ってから、田んぼに放してやるのが一番だ……。」

僕はその言葉を聞き、大声で泣き叫んだ。

以前の兄の姿は、もう、無い。

また来年実家に行った時に会ったとしても、それはもう兄ではない。

何でこんな事に……ついこの前まで仲良く
遊んでたのに、何で……。

僕は、必死に涙を拭い、車に乗って、実家を離れた。

ずっと双眼鏡を覗き続けた。「いつか……元に戻るよね……」そう思って、兄の元の姿を懐かしみながら、緑が一面に広がる田んぼを見晴らしていた。そして、兄との思い出を回想しながら、ただ双眼鏡を覗いていた。

(注) 本文中の＊は原文ママ

これは明らかに同じ話を、前者の投稿の中に出てきた「A君」の視点から書いたものだろう。

掲示板の住人がこの怪異を「くねくね」と名付けると、くねくねは、ネットの怖い話の象徴的な存在になっていく。

　これ以降、様々な人が「田舎の田や川向こうに見えるくねくねと動く人影のような存在」を見た体験談を書き込み、掲示板の住人達は地域の特定や、神話に絡めた考察まで行い、大層盛り上がった。くねくねの話のルーツを探るとひとつの地域にたどり着くのである（今回はくねくねの話が主題ではないので明記しない。興味があれば調べてみると楽しいだろう）。

　これが「ひとつの映画をバラバラに見せられているような感覚」である。

　ネットから紙の本になっても変わらない。

　私は、読者の皆さんとこの面白い感覚を共有したいのである。

読

木村沙織

1

「先生は怪談を集めていらっしゃるんですよね」

由美子(ゆみこ)さんは唐突に「まるだいの会」でそう切り出した。

「集めているというのは言い過ぎですけど、そうですね、興味はあります」

まるだいの会は、SNSの中で出会った大学同窓生のグループだ。三年ほど前に初めてオフ会をして、それからちょくちょくこうして集まって、とりとめのない話をしている。年齢も職業もバラバラだ。

私はたびたびSNSで「怖い話」を落書きのような漫画にして、「きむらさおり」という名前で公開しているのだが、それがネットで話題になったことがあり、そのおかげで書籍を一冊出したために、由美子さんのように私のことを先生、と呼ぶ人もいる。恥ずかしいのでやめて欲しいのだが。

「そんな謙遜して。先生の漫画、いつも読んでますよ。あれってどこかで聞いた怪談の漫画化でしょ」

「ええまあ、そうですね」

私は少しムッとしながら答える。オリジナリティがないとでも言いたいのだろうか。

「あ、ごめんなさーい、気を悪くしないでくださいね。聞いた話でも、画像？　視覚的効果？　が付くと段違いっていうか、とにかくファンですから！」

「それはどうも」

私は早く話を切り上げたくなり、机を指で叩く。まあ、こんなアピールで気付いてくれるほど敏感な人ではないだろう。

由美子さんは私より十歳ほど年上の専業主婦で、親切なのだが空気が読めないところがある。私と同じようにホラーコンテンツはなんでも好きらしく、趣味は合うのだが、優しいことで有名なメンバーの一人が、由美子さんのせいでまるだいの会に参加しなくなってから、すっかり皆から距離を置かれるようになった。嫌われ者の由美子さんと話していると、私まで避けられて皆と話せないので、なるべく距離を置きたいところだ。

しかし今日は、いつにも増して挙動不審だ。しきりにあたりを見回して、きょろきょろと落ち着きがない。

「それでね先生、私、先生にネタの提供してあげたいなーと思って」

なんて恩着せがましい。

しかし、最近の私の投稿に対するコメントは「またコピペの焼き直しかよ」「既存のホラー漫画のパクリってどうなの？　これだからバズ由来の商業はカス」などの酷評が増えてきていて、正直かなり気に病んでいた。

そう、早い話がネタ切れ。鬱陶しいオバサンでも、ネタの提供はありがたい申し出だ。

「もちろん謝礼とか、頂きませんから、安心してくださいねぇー」

私は再びイラつきながら、

「ありがとうございます、でもこの会、怖い話が苦手な人もいますし。この後どこかでお茶でもしながらお話ししませんか」

「いーえー、とんでもない！」

由美子さんは首を何度も横に振った。そして声を落としてこう言った。

「私、後で先生にメール送ります。作品に昇華させるには、何度も読み返したいでしょう？　そう思ってもう書いてあるんです。ファイルにして送りますから。本当に怖いんですよ！　早く読んでくださいねぇ」

由美子さんはお辞儀をすると、まるで似合わない少女趣味の服を揺すりながら、お先に失礼しますと言って店を出ていった。

Toきむらさおり先生

第一話　ある夏の記憶

橘雅紀(たちばなまさき)さんは中学三年生だ。

その日、雅紀さんは、雅紀さんの両親と、高校二年生の姉と一緒に、田舎の祖父母の家に帰省していた。

夜、妙に喉(のど)が渇いて目が覚めた。麦茶でも飲もうと起き上がる。夏の夜なのにひんやりとした空気だった。廊下に出ると肌寒さを感じるほどだった。

――ギシ、ギシ、カサカサ

田舎の家はだだっ広い上に、ところどころガタが来ていて、時折こうして家鳴りがするから不気味だ。また、天井に浮き上がった大きなシミが、夜になるとことさら不気味に感じられた。

台所はかなり遠く、ひとりで行くのは勇気が要る。

――ギシ、ギシ、カサカサ

しかし、隣で寝ている姉を起こすのは躊躇（ためら）われた。姉のことだ。中三にもなってオバケが怖いんでちゅかーなんて言ってからかうに決まっている。

なんとか一歩踏み出した。そのときだった。

長い廊下の先にぼうっと白く光る何かが見える。それは縦に伸びたり、横に広がったりして絶え間なく形を変えていた。

「ひっ」

悲鳴が喉から漏れる。しまった、と思ったときはもう遅かった。その白い何かは猛然と雅紀さんの方に突進してくる。だんだん、人のようなものに姿を変えながら。

逃げたい、逃げなくてはいけない、そう思うのに、足は根が張ったように動かなかった。

「いぬる」

耳元でそう囁（ささや）いて、白い何かはフッと消えた。そこで初めて、大きな声が出た。

悲鳴を聞きつけて集まった家族は雅紀さんをなだめ、その白い何かが出てきたという場所に向かった。そこは何年もそのままにしていた物置だった。

「うわあ」

姉が悲鳴を上げ、父親が顔を顰めた。食べ物が腐ったような臭いが鼻を突く。
明かりをつけて臭いの元を探る。
徳利、皿、米、鏡——何年も放置していたであろう神棚が出てきた。
それから一ヶ月して雅紀さんの祖母は亡くなり、祖父はボケてしまったという。
雅紀さんはあの「いぬる」の意味を調べて、そして納得した。

2

『せんせーい！　どうでしたあ？　読んでいただけましたあ？』

由美子さんがSkypeでそう話しかけてきたのは、メールが送られてきた次の日だった。相変わらず甘ったるくて粘っこい、嫌な声だ。

「メールありがとうございます、まだ一つしか読んでいませんけど」

当たり前だ。専業主婦の由美子さんと違って、私には仕事がある。SNS漫画の更新はあくまで副業、趣味のようなものなのだから。

『ええっ！　早く読んでくださいねぇ、そんなに長くないんですから。ところで、どうでしたあ？』

「ええ、まあ、怖いと言えば怖いですけど……正直ありきたりですよね。実話系怪談で何回も見たような内容です」

田舎で怖い目に遭う、白い得体の知れない何かを見る、そのあとなんらかの不幸が起こる。ネットの怖い話でいうと「くねくね」の類型と言えるだろうか。

「それに最後の『いぬる』とか祖父母の不幸とか……いぬるって、方言で帰るという意味ですよね。要は神棚を粗末にしたから神様が去ってしまった。だから不幸が起こった。ちょっと説教臭いというか」

『イヤッ』

由美子さんが突然大きな声を出す。

「どうしたんですか？」

『いえ、大丈夫、大丈夫です。ちょっと虫が飛んできちゃって。もう殺したから大丈夫』

「虫って……本当に大丈夫ですか？」

尋常ではない叫び声だったので、そう聞かずにはいられなかった。

『……大丈夫ですから。それより先生、それは序の口ですから』

由美子さんはウフフ、とわざとらしく笑った。

『早く全部読んでくださいねぇ、そしたら怖いって分かりますから。感想、楽しみにしてますねぇ！』

第二話　ある少女の告白

「お松ちゃんは賢いわね」

東京から来た妙子先生がそう言いました。

「お松ちゃんなら、上の学校に行けるわよ」

そう言って頭を撫でてくれました。

私は妙子先生が大好きでした。美しく、賢く、巣蜜のようなにおいがする妙子先生。妙子先生だけは私を褒めてくださいました。

それに、学校も好きでした。ほかの子が好むおはじきや姉さんごっこ、冒険小説や漫画本よりか、数字や図形を眺めているほうがずっと楽しかったからです。

試験はいつも満点でした。でも、それを見たお父ちゃんに横っ面を張り飛ばされてしまいました。

「女に学問はいらん」

お父ちゃんは試験の紙をぐりぐりと踏みにじりました。

「こんなもん良くったって糞の役にも立ちゃしねえ。おめえはただでさえ器量が悪いんだ。学問などをしてる暇があったら女中仕事の一つも覚えやがれ」

お父ちゃんのことは嫌いです。どうせ器量が悪いのだからと、私が粗相をすると平気で殴ります。お父ちゃんは体格が良くて力も強いので、殴られるとしばらく腫れが引かないのです。

頬を腫らした私を見ると、お豊ねえちゃんはいつもくすくすと笑います。

「おかめがほんとのおかめになった」

そう言ってくすくすと笑います。お豊ねえちゃんはここらで一番の美人です。でも、私のことをおかめと呼ぶから嫌いです。おかめというのは、つまり醜女ということです。

お母ちゃんのことも嫌いです。お松はブ女だから可哀想、がお母ちゃんの口癖で、お豊ねえちゃんのことばかりかわいがります。

お父ちゃんに叱られたとき、私はいつも物置へ行って、『のらくろ』を読みます。漫画本に興味がなくとも、『のらくろ』だけは好きでした。前に妙子先生が読ませてくれた大人向けの雑誌に、作者の田河水泡という人の記事が載っていました。

『野良犬黒吉、これがのらくろの本名です。お父さんもお母さんもない宿無しの黒吉はかはいそうな仔犬でした。

でも野良犬黒吉はそんなことでへこたれるやうな意気地なしではありません。「艱難汝を玉にす」と諺にもあるように、のらくろはどんな辛いことにも悲しいことにも我慢して、いつも明るい心持で、元気にしっぽを振ってゐたのです。

しかし何時まで野良犬でゐたくありません。今は名もない野良犬の黒吉でも、きっと立派な、それこそ世界一の名犬になって見せると、かたい決心をしてゐました。』

私はのらくろに勇気をもらっていたのです。家族みんなに馬鹿にされる私でも、いつか、きっといつか。

「妙子先生のような立派な職業婦人になりたい」という私の思いは日に日に強くなってゆきました。妙子先生は、東京の女高師を出て先生になったそうです。東京では職業婦人など珍しくもないと先生は仰っていました。

いつしか東京は私のあこがれの場所になりました。勉強していても誰にも馬鹿にされず、女が働いてもやかましく言われることのない場所。私は東京に行きたくて仕方がありませんでした。

　ある日、妙子先生の弟さんという人が村を訪ねてきました。弟さんは妙子先生に似て、目元の涼やかな美男子で、お豊ねえちゃんは、いえ、村の若い娘は皆、きゃあきゃあと声を上げました。娘たちが噂しているのを知ってか知らずか、弟さんは誰に対しても柔和な笑みを返すのでした。

　聞くところによると、先生は軍医大佐のお嬢様で、弟さんもいずれは軍医科の士官になられるということです。

　そしていずれは妙子先生を、東京にあるご実家に連れて帰らねばならないということでした。

　若くて美しい都会の人は、本来このような田舎にはそぐわないし、このままだと行かず後家になってしまう。お母ちゃんはそう言いました。分かってはいても、私は妙子先生と離れるのがいやで、悲しくて悲しくて、涙が止まりませんでした。

　先生は私の甘ったれた戯言を聞いてくださいました。私の頰をそっと撫でて、

「ちょうど弟は、東京へ連れて行く女の人を探しているのよ。私から頼めば、お松ちゃんも一緒に行けるかもしれないわ」

と言ってくださいました。

　私は途端、舞い上がりました。頭の中は、夢のように綺麗な東京のお屋敷で、妙子先

生と姉妹のように机を並べて勉強する想像で一杯でした。

それからしばらくしてからのこと。学校から帰るとすぐ、弟さんがうちを訪ねてきたのです。私は喜びを隠しながら、きわめて淑やかに見えるよう三つ指をつきました。

「ここに豊という女はおるか」

弟さんはよく通る声でそう言いました。

「私でございます」

お豊ねえちゃんはよそいきの声で答えました。

「ははあ、これは可憐な」

弟さんはお豊ねえちゃんをじろじろと舐め回すように見て、微笑みました。しかし、その微笑みの、なんと酷薄なこと。いつもの、娘や子供たちに対する微笑みとはまるで違います。私は恐ろしくなって、もう弟さんの顔をふたたび見ることはできませんでした。

弟さんは舶来ものだという、べっ甲の簪をお豊ねえちゃんに渡して、支度しておけと言って帰っていきました。

それから弟さんが東京に帰る迄、お豊ねえちゃんは毎晩、ばかにめかし込んでどこかへ出かけるようになりました。

弟さんが東京に戻ってから、ふたつきか、みつきかした頃でしょうか。私はその日、お母ちゃんが火鉢に火を起こしている横で、妙子先生が貸してくださったご本を夢中になって読んでいました。そこへドカドカと、およそ若い女とは言い難いような足音を立ててお豊ねえちゃんが駆け込んできます。そういえば、お豊ねえちゃんは近頃、腹まわりがふくよかになったような気がするなあ。そんなことを思っていると、お豊ねえちゃんがお母ちゃんに耳打ちで何かこそこそと告げました。するとお母ちゃんは飛び上がって喜びました。その晩はお祝いになりました。怒鳴ってばかりのお父ちゃんもひどく上機嫌でした。親戚や、村中の人が集まって、お豊ねえちゃんをお祝いしました。さすがお豊ちゃん、さすが小町、さすが、さすが、さすが。皆がお豊ねえちゃんを褒めていました。

「あたし奥様になるのよ」

お豊ねえちゃんは笑っています。私が厠に立とうとすると、

「あんたももう少し可愛ければ、端女くらいにはしてあげたのにねえ」

と言いました。

そこから先はよく覚えていません。気が付くと私の手には、粉々に砕けたべっ甲の破片がありました。

次の日、お豊ねえちゃんは血眼になって何かを探していました。鬼のような形相で私に詰め寄り、

「あんた、どこやったんね」

と聞きました。

私が知らないと答えると、私の頬を何度も打って、終いには足蹴にしました。何度も、何度も、足蹴にされました。私は笑いをかみ殺すことに必死になっておりました。

お豊ねえちゃんの羅刹のような振る舞いを見て、さすがのお母ちゃんも飛んできて、お松に当たったって仕方なかろ、と庇ってくれました。

お豊ねえちゃんが天井の梁に首を括っているのを見つけたのは私です。

雪白の肌はどす黒く染まり、小鹿のような目はだらりと飛び出しておりました。ねえちゃんがゆらゆらと揺れるたびに艶やかな黒髪がばらばらと散り、帯が垂れ流しになった大小便を床に広げるのでした。

お父ちゃんは前よりお酒を沢山飲んで、一日じゅうわめき散らすようになりました。

お母ちゃんは腑抜け（ふぬけ）のようになって、ぼうっとお豊ねえちゃんの着物を眺めています。

まるでお豊ねえちゃんがいなくなってしまったかのように。

でもお豊ねえちゃんは生きています。

夜中に天井に吊り下がって、目と舌が飛び出た顔のまま笑っています。

また今夜も、お豊ねえちゃんの帯が床板をこする音が聞こえます。

お豊ねえちゃんは生きています。

だから私は悪くないのです。

3

ふいにスマートフォンが振動してドキリとする。確認すると由美子さんからだ。

『先生、読んでくれましたかぁ』

一つ読んだと言ってから一日も経っていないのに、本当に鬱陶しいオバサンだ。

「ええ、まだ二つ目ですけどね。こちらも仕事があるので」

精一杯の嫌味にも気付かず、由美子さんは耳障(みみざわ)りな声で笑った。

『先生ってば、読むのおそーい。で、どうでした?』

「今回は大正? いや、のらくろ、が出てきたから昭和初期くらいの田舎の話ですね。なかなか読み応えがありました。独白形式ですけど、これ、由美子さんが書き起こしたんですか? すごいですね、由美子さんが怪談を書いたらいいのに」

『いいえー私は先生と違って才能がありませんから』

私は由美子さんのわざとらしい謙遜を流して聞いた。

「タイトルは揃(そろ)えているようですけど、バラバラの話をひとつひとつ書き起こしてくれたんですか？　四つも、大変だったんじゃないですか」

『そんなこと気にするなよ』

　スマートフォンの向こうから低い声が聞こえる。

『いくつあるかなんて気にするな。あんたは全部読んだらいいんだよ。早く全部読めよ』

「え？」

　突然の強い口調と、由美子さんとは思えないドスのきいた声に、怒りを感じるよりもむしろ驚いてしまう。

　しばらく、と言っても十秒ほど沈黙が続いた。

「由美子さん……？」

　おそるおそる呼びかける。

『すいませぇん、少し喉の調子が悪くって』

　いつも通りの甲高い声に安心する。これはこれで耳障りではあるが、悪意がこもっているかのような先程の声よりはずっといい。

『バラバラなんかじゃないですよお。これはひとつのお話ですから』

　私が聞き返そうとするのを遮（さえぎ）って、由美子さんは電話を切った。

　早く全部読んでくださいねぇ、と言いながら。

Toきむらさおり先生

第三話　ある学生サークルの日記

8月8日
東医体お疲れ様でした！　人によっては追試とも被（かぶ）ったかもしれませんね（笑）
私たちゴルフサークル5年生はいま、■■県■■市に来ております。
6年生の先輩方も、国試のことは忘れてわたしたちの旅行記を楽しんでいってください
ませ（笑）
やっぱり■■県と言ったらみかんかな？　なんて言ったら慶ちゃんにバカにされてしま
いました。鯛めし、たこ飯、ラーメン、とにかく美味しいものは沢山あるそうです！
では、また明日更新しますね！

奈津子

8月9日
今日は川遊び。全員二十歳超えてるのに、小学生かよって（笑）でもまぁ、釣りも楽しめたし、水は何もしなくても飲めるくらい綺麗。何より田舎の夏ってなんかいいよね。実家が田舎でもないのに、なんか懐かしさ感じるっていうか。さんざん遊んだあとコンビニで買った（↑コンビニ行くなよ）おにぎり食べてたら、上流からなんかが台に乗って流れてきた。愛子が言うには姫だるま？　ってやつらしい。愛子は可愛いって言ってたけど正直日本人形的なやつ、無理だから、そのまま川に流した。
そのあと急に愛子が「姫だるま触ってから背中がゾクゾクする」とか言ったけど、霊感少女とか中学生で卒業しろって（笑）絶対川で冷えただけだろ（笑）
まあ風邪ひいてもいけないから、温かい温泉入ります。

信二

8月10日
愛子が風邪引いてしまった。昨日はしゃいでたもんなあ。医者の不養生、ダメですよ！
今日は陶芸教室。風邪でも楽しめるし、ナイス予定w

正直地味かなあと思ってたんですが、これが意外とハマる。失敗してもすぐ直せるしね。奈津子が姫だるまを作ったのには驚きました。昨日は、あんだけ「不気味」「夢に出てきた」とか言ってたのに、ふつう作る？　みたいなｗ
奈津子はええー、こんなの作るつもりじゃなかったーとかなんとか言ってたけど、もし偶然こんなうまく作れたなら、退学してプロの陶芸家になるべきだからｗ　インストラクターもびっくりして、どうやったんですか？　とかベタ褒め。

いいね器用なの。外科向きですね。

宿に帰っても愛子は体調悪そうで、少し心配です。明日は休む？　って聞いたら、ひとりになるのが怖いらしい。姫だるまに左右されすぎ！

明日は姫だるま沢山飾ってある神社に行くのに大丈夫？？

慶一

8月11日
四世紀の昔、神■皇后が御征戦にご出陣の途中、■■温泉にしばらくご滞在になり、そこで■神天皇を御懐妊され、その後颯爽とした勇ましい鎧姿にて打ち続く苦難と不運にめげず大任を果たされた。美しく雄々しき皇后は、筑前の国に於いて、■神天皇を出産されました。その■神天皇の真紅の真綿包みの可憐な幼児を記念とし、追想して作られたのが黒い髪毛の美しい優雅な姫だるまです。

子供が持って遊ぶと健やかに育ち、病人が飾ると起き上がりが早くなるといわれ、信仰にまつわる心意を示す玩具です。

じゃあ私たちが見たものはなんなの。違う。だって歯が生えていた。こっちを見ていた。目が金色だった。今日だって。這っていた。

あれがお守りだなんてそんなわけない。あんな目でこっちを見ているものがそんなわけない。なんで愛子はあれを姫だるまだって言ったの？　違うじゃない。違うじゃない。違うじゃないか。違う、今も見てる這ってる

8月12日
今日は待ちに待った渓流下りです！　みんなとても楽しそう。楽しみにしてたもんね。川には沢山の人の魂が浮かんでいるって知ってましたか？　ぷかぷか。そこらじゅうにいるんです。湧いてるみたい。素敵ですね。滝の生命力！　生命力！
特に赤ちゃんは可愛いね。私も赤ちゃん大好き。
ていうかなんで笑ってないんだよ、お前は笑ってなきゃダメだろ、泥棒女。泥棒泥棒泥

棒女。最低の泥棒女。
どうして奈津子が慶ちゃんって呼んでるのかなとそれは私と慶ちゃんだけの呼び方でクソ奈津子がそしたら案の定だよ陰で何度も何度もやってたんだよなやってた完全にメスの顔してお前ら私を騙したんだよな私はそれで赤ちゃんいなくなっちゃったのになんで笑ってねえんだよ笑えよ泥棒女泥棒泥棒女
間違えた、赤ちゃんはいるんでした（笑）
夏だけど川の水はとっても冷たいよ（笑）
途中でゴムボートが転覆しちゃいました。奈津子、ちょっと太ったんじゃない？
大丈夫、川には沢山浮かんでいるからね

愛子

8月13日
覚えなくてはいけない7つの言葉がある。

豊穣
赤ちゃん

神様
天井
医者
まびき
だるま

4

私が読み終わるのを待っていたかのように由美子さんからの着信がある。

本当にどこからか監視しているんじゃないのかと考えてしまうほどだ。

無視していても由美子さんは諦めないだろう。嫌だけれど電話を取る。

『先生よ、み、ま、し、た?』

「ええ、三つ目を。ていうかこれ、ブログのリンクじゃないですか。思わず踏んじゃいましたよ。ウイルスだったらヤバいって思って焦りました」

わざとおどけた口調で言っても、何も返答はない。由美子さんは私が感想を言うのを待っているようだった。

「由美子さんが作ったんですか? ブログ形式なんて、リアリティがあってゾクゾクしました。写真も付いてるし。ただ展開が唐突というかよく分からないことも多くて。奈津子が慶一を愛子から奪って結果的に愛子は堕胎することになった、その恨みから愛子はおかしくなってしまって……というのは分かるんですが、姫だるまモチーフの意味が分かりませんし、最後の七つの言葉も」

『本当に分からないの』

背筋を虫がのたうつような、冷たく、それでいて粘着質な声だった。

『子供が持って遊ぶと健やかに育ち、病人が飾ると起き上がりが早くなるといわれ信仰にまつわる心意を示す玩具(おもちゃ)です』

「ええ、姫だるまの説明でしょうそれ。気になって調べたら、愛媛県の民芸品なんですね。可愛らしいのもあるけど、確かに不気味と感じるかも」

『豊穣(ほうじょう)赤ちゃん神様天井医者まびきだるま、これで分からないなんて笑えます』

「ちょっと由美子さん、さすがに失礼じゃないですか」

私は恐怖を怒りで紛らわすかのように、思っていたことをぶちまける。

「思ったことをなんでも言っていいってわけじゃないですよ。由美子さん、空気が読めないし、人が傷付くことを平気で言うところがあるでしょう。私は趣味が合う人が少ないからギリギリ我慢していますけど、正直嫌われてますよ」

『……すいません、先生、許してくださいねぇ』

由美子さんは急にしおらしくなって甘えるように言った。私も少し言い過ぎてしまったかもしれない。人を傷付ける人を、お返しに傷付けていいなんてことはないのだから。

『でも、でもね先生、先生には気付いて欲しいんです。全ての話はひとつなんです』

「なるほど、そういう形式のやつね。ミステリーも好きなので、謎解き頑張ります」

恐らくこれは実話ではなく、由美子さんの創作なのだろう。創作ができるなら、小説投稿サイトで発表するなりしたらいいと思うが、数少ないホラー仲間の私に最初に見せてくれようとしたということなら、悪い気はしなかった。

『分かれば、面白いですからねぇ』

「ですね。じゃあ最後まで読んで、それから答え合わせしたいです」

『待ってますねぇ』

由美子さんは電話を切った。全部読んでくださいねぇ、と言いながら。

Toきむらさおり先生

第四話　ある民俗学者の手記

私は■■県■■にしばらく滞在することとなった。近所の人々とつき合って、土地の観察をすることにしたのである。

最初驚いたのは、病の子供がいないことであった。私からすれば、これくらいの年頃の子供らが病気をするのは当然であって、遺伝的因子にせよ、あるいは外的、栄養的因子にせよ、どういうことなのかと興味を抱いてしまったのである。

（中略）

■■においてもう一つ驚いたことは、どの家もワン・チャイルド・ポリシー（一児制）で、一軒の家には男児か女児どちらか一人ずつしかいないということであった。私が「兄が二人、妹が三人いる」と言うと、人々がざわめくほどであった。

しかし、一児制を採らざるを得なかった事情は、理解できる。

農村の人々の間では、人口抑制の必然性の意識が高かったと推測される。飢饉もしばしば起こり、農地の不足の意識は強かった。

■■によれば、■■の飢饉では秋口から早くも餓死者が出はじめ、山野の植物がなくなる降雪期になると、食物が無くなり餓死へ追い詰められていったとある。屍肉も食べるほどの飢えの中にあって、間引きは生きる者を残すためのやむを得ない手段であった。

（中略）

中絶手術ではなく、もっと露骨な方法が採られて来たわけである。所謂間引きのようなものである。

町医者の元にも、■■の住人が死亡診断書の作成を依頼しに頻繁に訪れたらしいが、医者は多くの場合断ったという。

（中略）

ここに来て、早くも三年になる。

私の印象に最も強く残っているのは、川に沿って歩いてゆくと「お豊ヶ淵」と呼ばれるところに粗末な造りの小屋があり、誰が描いたものであろうか、壁一面におどろおどろしく彩色された絵が描かれてあったことである。

その図柄は、般若のような顔をした女が黒髪を振り乱し、嬰児の四肢を引き毟りはらわたを啜っているという残酷なものであった。夜になるとその女の絵がぼうっと映り、なにやら腐臭のようなものまで立ち込め（この川には硫黄含有量の多い水が流れている）、ひどく肝を冷やしたものである。

この図柄の意図は推察できるので、もの悲しい気持ちになるのだが。

また、小屋の中に入ってみると、意外にも奥行きがある造りをしていて、板張りもしっかりとしていた。

さらに奥には、神棚があった。

ふと見上げると、天井に大きな染みが広がっている。そこで連想したのが伏見城の血天井である。

落城の折、最後まで残った鳥居元忠ら三百八十余名の兵が伏見城の「中の御殿」という場所に集まり自刃(じじん)した。

その自害の現場は凄惨を極め、床板にはそのときに流れた血が染み付き、その後いくら洗っても、削っても、血の痕が消えることはなかったという。

それを知った徳川家康は、元忠をはじめ兵たちのための供養として、その床板を外し、

「決して床に使ってはならぬ」と命じた上で、養源院(ようげんいん)などのいくつかの寺の天井板として使わせたということだ。

またも憶測となるが、この場所は飢餓により間引かれた嬰児だけではなく、何かそういった悲しい理由でこの世を去った者への供養の場を兼ねているのかもしれない。

私は思わず神棚に手を合わせていた。

(中略)

私はとんだ思い違いをしていた。

死者のための供養などではなかった。

病気の子供らがいないのではない。いなくなるのである。

私はそれに気付いたとき、科学的、いや倫理的根拠を以(もっ)て人々に道徳を説いたが、そ

れもまた思い違いであった。

淵から這い寄る彼女は、私の長年信奉していた（と表現せざるを得ない）実地調査に基づくプラグマティズムを打ち消した。

あの壁画は弔(とむら)いではない。起こったことありのままである。


（中略）


私は■■を去ることにする。

人々の温かさ、ようやっと馴染んだ牧歌的生活への未練がないわけではない。

しかし彼女は、もはやお豊ヶ淵に収まらず、屋敷を訪ねてくるようになった。嬰児では足りぬということなのかもしれない。

私の手記を読み、何かの折にここを訪ねようと思う者があってはならない。

場所は伏せる。

5

四つ目の話を読み終えて時計を見る。いつもなら由美子さんから連絡が来るはずの時間はとっくに過ぎていた。しかしスマートフォンにもSkypeにもなんの反応もない。

いつもは煩わしいだけの電話だったが、今となっては早く由美子さんと話したい気持ちでいっぱいだった。

最初はタイトルを似せただけの怪談の寄せ集めだと思っていたが、四つ読むとなるほど分かった。これは、読み進めると徐々にひとつに収束していくホラーミステリーなのだ。

「ある少女の告白」に出てきた、妹に裏切られ首を吊ったお豊という女性が、この一連の物語のキーパーソンだ。

時系列で並べると
「ある少女の告白」

↓「ある民俗学者の手記」

↓「ある夏の記憶」
↓「ある学生サークルの日記」
となるだろうか。

お豊は死に、怨霊となった。おそらく亡くなった当時、妊娠していたために、子供に対して強い思い入れと嫉妬心がある。「民俗学者」に出てきた嬰児殺しの絵は、お豊の怨霊が嬰児を食らっているものだったというわけだ。村人はその地が「お豊ヶ淵」という名前を冠するまでに至った非常に強い怨霊の魂を鎮めるために、我が子を生贄に捧げた。一つの家庭に一人しか子供がいなかったのも、病気の子供がいなかったのも、全てお豊に捧げていたから、ということだろう。さらに村人はお堂のようなものを作って、そこに神棚を置いた。

「夏の記憶」に出てくるのも、その神棚であろう。おそらく神様に祈りが通じたのだろう、怪異現象（祟りと言ってもいい）は収まった。しかし喉元過ぎればなのか、あるいは持ち主が替わったことでそもそもの由来が忘れられたのか、神棚は粗末に扱われるようになった。そしてついに神様は出て行き、ふたたび祟りが起き始めてしまう。

「学生サークルの日記」で学生グループが訪れたのが、まさにお豊ヶ淵だった。たまたまサークル内部の恋愛トラブルで中絶をした学生（愛子）がいたために、お豊の影響を受けてしまう。最後の覚えなくてはいけない七つの言葉も、これらの四つの話を読むといろいろな解釈ができる。


豊穣↓おそらくお豊のこと。

赤ちゃん↓お豊の亡くした子、あるいは食われた子。

神様↓怪異現象を抑えたのに、捨てられてしまった神様。

天井↓「夏の記憶」「少女」「民俗学者」の情報を統合すると、お豊が首を吊ったときにシミがついた床はお堂の天井、少年の祖父母の家の天井になっている。

医者↓お豊のお腹の子の父親、間引きの医者、さらには「学生サークル」に出てくる学生は全員医学生である。

まびき↓そのまま。

だるま↓子供の健やかな成長を願う姫だるまのことだろうが、だるまには四肢欠損の人間の意味もある。お豊に四肢を毟られた子供のことか。


全ての話は繋がっている、由美子さんの言ったとおりだった。ホラーミステリーとしては説明不足なために完成度は低いが、素人、しかも普段創作をしない由美子さんが考えたにしてはとても楽しめた。説明不足なのは、感想を言い合って盛り上がるためかもしれない。よく分からない方が怖い話は面白いと思うし、私好みの作品だった。

この解釈の答え合わせを、早く由美子さんとしたい。こちらから電話をかけてしまおうかとさえ思った。しかしもう、常識的に他人に電話をかけていい時間ではなくなっている。

朝になったらメールでも送ろう、そう思ったとき、インターフォンが鳴った。

6

こんな時間に宅配便でもないだろうに。そう思ってモニターを確認すると、女の顔が大写しになっている。

悲鳴を上げて後ずさる。

インターフォンはその間も何度も鳴り続けた。

耳をつんざくような騒音の連続に耐えかねて、慎重にマイクに向かってどちらさまですか、と尋ねた。

『先生、いらっしゃるんじゃないですか』

由美子さんだった。

『いらっしゃるなら早く上げてくださいよ』

由美子さんは抑揚のない声で言った。

私はスマートフォンをキッチンに置いてきてしまったことを後悔した。怪談話を読んでいたせいでどうしても幽霊の類(たぐい)が訪問してきたと思ってしまい、恐ろしかったが、よく考えればこんな時間に訪問してくる人間の方が常軌を逸していて危険だ。それに——

「由美子さん、どうして私の家を知ってるの」

『は、は、は』

由美子さんが笑うと、真っ暗な口の中がモニターに映る。

『そんなことどうだっていいじゃないですか。とにかく上げてくださいよ。どうせ読んでないんでしょ』

「どうでもよくはないですよ！」

この女は異常者だ。下手に刺激してはいけない。分かっているのに、恐怖と怒りでどうしても声を張り上げてしまう。

「はっきり言って異常ですよ、自作の小説を私が読んだか読んでないかの確認のために家まで来たんですか？　おかしいですよ！　警察に通報しますから！」

『読んでないから来たんだろうがぁ！！！』

インターフォンがビリビリと震えている。由美子さんは顔をカメラに押し付けて、目を限界まで見開いていた。

『お前読んでないだろ、だからそうやってヘラヘラ生きてられるんだろ、あたしが読ませてやるよ、最後まで読ませてやるよ、だから読めよ、最後まで読めっ読めっ読めっ読めっ読め』

由美子さんは頭を前後に揺すりながら、読め、読め、と繰り返す。その度に扉に頭がぶつかるようで、玄関から鈍い音が聞こえた。扉一枚しか隔てていないのが恐ろしい。何をされるか分からない。警察を呼ぶにしても何とか落ち着かせなければいけない。

「よ、読みましたよ」

何とか声を絞り出す。

「全部読みました、全部繋がってるって意味も分かりました。すごく面白かったです、由美子さん才能が」

『は?』

由美子さんはぴたりと動きを止めた。

『全部読んだんですか?』

「はい、全部読みました。お豊の祟りみたいな話……」

『嘘つくんじゃねえよ』

モニターに映る由美子さんは、私のことを見据え、睨みつけていた。

『全部読んだならどうしてあんたには何も起こってないんだよ』

地の底から響くような声だった。

『あんたが悪いんじゃないか。あんたが企画したんだろう、■■旅行』
■■、と言われて思い出す。確かに去年の「まるだいの会」の旅行の幹事は私だった。一番安く行けて、かつ温泉もアクティビティも充実しており、年齢に関係なく誰でも楽しめる■■を選んだのだ。
途端に、電流のように頭に言葉が流れ込む。

鯛めし。たこ飯。ラーメン。渓流下り。硫黄のにおい。姫だるま。

私たちが行った■■は、まさか――

『あんなとこにいったからあたしはさぁしらべちゃってよんじゃってそれからもうみえてみえてしょうがないんだよはってるんだよわいてるんだよこっちをみてるんだよどうしたらいいんだなんであんたはどうにもなってないんだよなんで？　なんで？　あんたもよんだの？　よんでないんだろ？　だからへいきなんだろ？　みえないんだろきこえ

ないんだろ？　あんたのせいだよだからはやく』

突如声が聞こえなくなった。由美子さんはカメラに張り付き、目を開いたまま小刻みに震えていた。

『き　た』

由美子さんの体が跳ね上がった。宙に浮いている。腕がバラバラの方向にねじ曲がり、壊れた操り人形のようにぐらぐらと揺れた。

——ギシ、ギシ、カサカサ

肩が重くなる。肺が圧迫されてうまく呼吸ができない。足に力が入らないのに、モニターからどうしても目が離せない。

——ギシ、ギシ、カサカサ

由美子さんの手足が限界まで捻られて、千切れた。その姿は、まさにだるまのようだ。最初は腹、次に胸、次に首。骨のへし折れる音と、耳を塞ぎたくなるような咀嚼音とともに、由美子さんだっただるまは、じわじわと消えていく。

モニターはもう何も映していない。私は立ち上がることができない。

7

どれくらい経っただろうか。インターフォンの音がして、私は反射的にマイクをオンにしてしまった。

もしかしたら由美子さんがいて、全て悪い冗談だったのだと言うかもしれない。そしたらストーカーの件は不問にして、またホラーについて語り合えるかもしれない。

しかしそうはならなかった。外は明るくなっていて、今度はただの宅配便だった。震える手でお歳暮のオリーブオイルを受け取ると、「顔色悪いっすよ」と馴染みの配達員に言われた。

次に私はこう考えた。あれは、私が夜に怖い話を読んで見た悪夢だったのだ、と。現にあれだけの惨事があったにもかかわらず、玄関にはシミひとつなかった。ということは、やはり現実にあったことではないのだと私は結論付けた。

次の「まるだいの会」に由美子さんは来なかった。一番親しいと思われていた私に、皆が「由美子おばさんどうしたの」と尋ねてきたが、私も知らないので答えようがない。

そのあと由美子さんの悪口で少し盛り上がったが、すぐに他のもっと楽しい話題に移行した。

私はしばらくの間、夜一人で過ごすのが怖くなり、夜間はインターフォンの電源を落とし、弟や彼氏に何度も泊まってもらった。しかしその恐怖も徐々に薄れ、今ではホラー映画を観ながら寝落ちなんていうことも可能だ。

私は結局、あのストーリーを漫画にすることはなかった。もっと言えば、今後漫画を描くことはないだろう。

怪談話は今でも大好きだが、漫画にしようとすると、詳しく調べたり話の由来を考えたり、とにかく怪談が生活に侵食してきてしまう。

怪を語りて怪至る。

私はそれが恐ろしくなってしまったのだ。

そもそも私の漫画はＳＮＳ経由で話題になっただけで、本来プロとして活動できるようなレベルにない。これからこの活動で食べていくという気概もなかった。いち消費者に戻ることにする。藪(やぶ)をつついて蛇(へび)を出す、と昔の人も言っていたのだから。

あれ以来、由美子さんから連絡はない。ひょっとしてあのストーリー自体が幻だったのかもしれないと思ったが、やはりメールボックスには彼女の書いた物語が残っているのだった。

一週間くらいして、知らないメールアドレスから「ある達磨の顚末」というタイトルのメールが送られてきたが、それも読まずに消去した。

最後に、■■旅行のことだが、念のため、場所は伏せる。

これはＳＮＳで仲良くなった木村さん（仮名）の体験した話である。私が彼女の漫画のファンであり、感想を送ったことをきっかけに交流が生まれた。

彼女がホラー漫画を一冊出したことは事実である。そして、もう二度と出さないということも。

「どうせもう描くつもりもないし、これを発表する気もないから、どうしてくれてもいいですよ」

と、ある日彼女が、突然漫画のファイルをネーム（漫画のコマ、構図、セリフ、キャラクターの配置などを大まかに表したもの）の状態で送ってきてくれた。

私はそれをありがたく使わせていただき、いくつかの修正（作中に出てきた「まるだいの会」などは仮名である）を入れて文字に起こした。

しかし、せっかくネームまで切ったのに漫画にしないのは勿体ない、そう言うと彼女は顔を曇らせて、

「危険ですから」

と言う。

由美子さんが消えてから、ふとした瞬間に壁が軋む音がするのだという。

「それはきっと、聞いたことや読んだことに引き摺られたんですよ」と言ったが、実際に目の前で人が惨たらしく死ぬのを見た人には、なんの慰めにもならなかったかもしれない。

彼女はそれに対して「私の部屋、新しいんです、それなのに毎日どこでもギシギシカサカサ」と答えた。しかし、古い家でなくても、日中と夜間の温度変化で部屋が軋むのはよくあることだ。それにその「ギシギシカサカサ」というのは、例の音を重ねてしまっているだけだと思われる。

木村さんには申し訳ないが、私はホラー好きでありながらそういった類のものを完全には信じていないのである。

統合失調症やレビー小体型認知症などの患者は、幽霊などいもしないものが見えるという訴えをすることがよくある（私がホラーが好きだという話をしたら、思いつめた様子で「家に座敷わらしが二十体いる」と告白されたこともあるが、その患者も精神疾患を有していた）。

霊的体験をした人間の全員が精神疾患を有しているわけではないと思うが、とにかく私は見たことも聞いたこともないので、あまり信じていないのだ。恐怖心がないというわけではないので、怪談を読んだり聞いたりすれば勿論怖いのだが。

だから、木村さんの話も半分くらいしか信じていない。

彼女は私と同じホラー愛好家だが、私よりずっと繊細な心の持ち主なのだろう。医療従事者として言うのは憚られるが、病は気から、というやつである。

そもそもこの話も、霊的な現象そのものよりも由美子さんという女性キャラクターのサイコっぷりの方が恐ろしかった。こういう一方的な性格の厄介な女性はどこにでもいるものだ。そういう女性への忌避感がうまく表現されたキャラクターだと思った。

この話の原案（漫画のネーム）を私に渡すとすぐ、木村さんは唐突にアカウントを削除した。私は彼女との連絡手段を失ったわけである。いや、本当のことを言えば、連絡を取る手段なら他にいくらでもあるが、私は連絡する気がない。

彼女の漫画を文字に起こすうち、気付いてしまったからだ。

私が先ほど褒めた不気味な「由美子さん」が、私の職場の通院患者である可能性があるということに。

私は「由美子さん」に直接会ったことはない。しかし思い当たる人物がいるのだ。

木村さんから原案をもらう数ヶ月前のことだろうか、休憩室でくつろいでいると、看護師の中山さんに声をかけられた。

中山さんはショートカットのよく似合う快活な雰囲気の女性だが、意外にも私の同好の士だ。本人曰く、霊感があり、たびたびその手の話を提供してくれる。

「先生、昨日変な患者さんが来たのよ」

中山さんはにやりと笑って小声で言った。彼女は怪談を語るときいつもこの顔をする。

「なんか旅行に行ってから具合が悪い、絶対に何かに取り憑かれてるって言うのよ」

「なんか来るとこ間違えてますね」

私が笑いながら答えると、中山さんは首を振った。

「でも実際、症状は出てるのよ、肩関節周囲炎。腱板が断裂してて」

肩関節周囲炎とは、一般的に五十肩と呼ばれたりもするものだ。四十代以降の中年に発症することが多い。

「完全断裂ですか？　おいくつの方です？」

「三十八歳」

「ウーン結構若いな。まあでも中年だし、そんなに不思議なことでは」

「外傷だって診断されてたけどね」

「なるほど。で、その人どうしたんです」

中山さんはコーヒーを一口飲んで言った。

「あんまり熱心に憑かれてる憑かれてるって言うもんだから、私、先生のこと話したのよね。怪談とか不思議な話ばっかり集めてるヘンな先生がいて、その先生なら詳しいかもって」

「ちょっと、ヘンってなんですかもう」

中山さんは明るく笑って私の肩を叩いた。

「ゴメンねー。で、とにかく、その人、担当を替えてくれその人を呼んでくれって騒ぎ出して。先生外勤だったから、今日はいないし、特別な理由がない限り担当医を変更することはできませんって伝えたの」

「まあでも、正直気になりますね」

「でしょ！　結局その人、その日は帰ったんだけど、また明日来ますからとか言ってて怖かったんだから」

「ってことは、今日来るってことじゃないですかもう、怖い！」

「ははは。まあ予約もないのに来られたら迷惑だけど、見つけたら先生に連絡するわ。

まあ、患者さんの不安を解消してあげるのも私たちの仕事のうちよ」

中山さんはそう言って出て行ってしまった。

たしかにそういう話は好きだが、ただ集めているだけで、霊能者にパイプがあるわけでも、まして解決する能力を持っているわけでもない。そう知ったら逆上したりしないだろうか。病院に来る患者は基本的には具合が悪いので、精神的に追い詰められており、普段はまともに見えても危ういところがある。仕方がないことではあるのだが、やはり恐ろしいものは恐ろしい。

少しは話が通じるといいのだが、などと思ってあらかじめ心の準備をしていたが、その日、中山さんがふたたび私に声をかけることはなかった。

二週間くらい経ってから中山さんに「五十肩のホラーな患者さんどうなりましたか」と聞いてみたら、「明日来ますから」と言ったのに結局来なかったし、その後、予約の日になっても現れなかったのだと言った。

予約をしても来ない、少しよくなったらトンズラする、そのような患者はよくいるので、そのままその患者のことは頭から抜け落ちてしまった。

この話を読めば読むほど、あの患者は「由美子さん」なんじゃないか、と感じた。

中山さんによると、その女性は「由美子さん」と同じように少女趣味の服に身を包み、語尾を伸ばす独特の話し方をするというのだ。さらに、プライバシーの問題でここでは伏せるが、「由美子」に似た音節の本名だった。

私は、木村さん含めごく数人だけが見られる状態にしてある非公開アカウントを所有しており、そこでは職場であったことなども呟いている。由美子さん疑惑のあるその患者の話も呟いたはずなので、木村さんはそれを見ていた可能性がある。

それを見た木村さんが私に漫画のネームを渡し、アカウントを消した。この行動の動機は二パターン考えられる。

まずひとつは、この怪談が事実である場合。

怪異の原因となる作品を他の誰かに見せて呪いを伝染し、解決を押し付けるホラーと言えば『リング』が有名だが、木村さんはそれを私にやろうとしたのではないか。さらにアカウントを消すことで、呪いが返ってこないようにしているのかもしれない。

この場合、彼女は私のことを「どうなっても構わない人間」と判断したことになる。

もうひとつは、この話が完全に創作である場合。

こちらの場合、わざわざ例の患者の特徴に寄せた登場人物を出して、読者巻き込まれ型の怪談を作り、私に読ませるという行為は嫌がらせに近いと思う。

どちらの動機にせよ、このようなことをする人は私に対して悪意があると思われるので、今後付き合わない方が良さそうだ。

こうなってくると、「怪をテーマに創作すること」自体について考えてしまう。

私は創作するにあたって、「必要以上に怖がらないこと」が重要な気がする。

ハワード・フィリップス・ラヴクラフトも「恐怖心のない人間に限って想像を絶する恐ろしい物語を作る」と言っているし、良い創作をするという観点でなくても——読者の皆さんは「稲生物怪録」をご存知だろうか。江戸中期、現在の広島県三次市の住人である、当時十六歳であった稲生平太郎が一ヶ月間に体験したという怪異を、そのまま筆記したと伝えられている物語だ。肝試しにより妖怪の怒りを買った平太郎の屋敷に、さまざまな化け物が三十日間連続で出没するが、平太郎はこれをことごとく無視。最後には化け物の親玉である山本五郎左衛門から勇気を称えられ木槌を与えられる、というストーリーだ。

（由美子さん関連の話が事実であるとするならば）木村さんのように家鳴りごときで騒ぎ戸惑い心乱すのは、逆に悪い影響を受けやすいと私は思う。

そういうわけで、読者の皆様にはあまり怖がりすぎず、創作だと思って読んでいただきたい。

そして私はさらに数ヶ月後、木村さんが私にあの漫画のネームを送った動機は「呪いを伝染す」ことだったのではないか、と思うようになった。

精神疾患を持つ患者の診療をしているときにふと、思い出したのである。

次に記すのは、私が数年前に読んだ先輩医師の症例研究資料を、創作に落とし込んだものである。

語

佐野道治

8月13日

「道治(みちはる)は業界のこと知らないだろうけど……読者賞っていうのがあるんだよね」

雅臣(まさおみ)はクリームソーダをぐるぐるとかき混ぜながら言った。

雅臣は僕の大学時代の同級生で、今は小さな出版社に勤めている。おもにオカルト関連の書籍を取り扱っているらしい。

成績も良くて親分肌で人気者だったが、何故かオカルトが大好きだった雅臣。そんな彼の就職先としてこれ以上合ったところはないように思えた。

久しぶりに会わないかと言われ二つ返事で赴いたのだが、彼は僕と話したいというより、何か頼みごとがあるようだった。

「ウチさあ、毎年『実話系怪談コンテスト』っていうのやってて。結構怖いのやら面白いのやら集まってきて楽しいんだけどさ」

「あー、なるほど、その『読者賞』ね」

「うん、そう。モニター読者が選んだ作品ってやつ」

「だけど俺、そんなに小説読まないよ？　知ってると思うけど。ホラーは嫌いじゃないけど、基本映画とネットしか。だから小説としての良し悪しなんか」

「あぁー！　大丈夫大丈夫！」

かき混ぜすぎたクリームソーダが溢れそうになっている。雅臣はそれを、ストローも使わずずごご、と大きな音を立てて飲みながら言った。

「もう決まってるんだよね」

「は？」

雅臣は人の好さそうな赤ら顔を些か歪めて笑った。

「どれを読者賞にするかはコッチの方で決めてんだよもう。ここだけの話。ウチ小さい会社だからさ……分かるだろ？」

「うーん、まあ」

分かるような分からないような、だ。出版社のことはよく分からないが、経費削減のため、そういうこともあるのだろうか。

「だからお前はさ、その一作品だけ読んで、感想を書いてくれればいいわけよ」

「いいわけよって……」

雅臣のこういう強引なところは学生時代と全く変わっていなかった。不思議と嫌な気持ちがしないところが、彼の人徳なのかもしれない。

「たーのーむーよー、好きだろ？　怖い話！　実話系だから、普通の小説みたいなお堅い感じじゃないし……な？　一杯奢るからさ！」

「一杯かよー」

雅臣は、僕のアドレスに後ほどファイルを添付して送る、と言い残し、巨体を揺すって帰っていった。

こうして僕は、「すでに決まっている」読者賞小説を読み、感想を書く羽目になってしまった。

佐野道治様：添付ごらんください。

■家における埋葬について①

酒井宏樹（さかいひろき）

現代の日本社会において、埋葬方法は火葬です。

これは昭和23年に成立した「墓地、埋葬等に関する法律」によって定められています。

どうやら法律上の抜け穴もあって、どうしても土葬にしたいということであれば、個人所有の土地を法律成立前から墓地として利用している人を見つけてその土地を購入し、自分の墓として使う、という方法もあるようです。

今回私が調べたのは、今もなお土葬を行なっているという■■県の■家についてです。

まず土葬についてですが、皆さんが想像する土葬というのは、海外のように、または焼き場で焼かれる前のように、仰臥位（ぎょうがい）で棺（ひつぎ）に入っている状態だと思うのですが、江戸時代においては座棺（ざかん）といって、手足を折り曲げた状態の遺体を桶（おけ）のような形状の棺に納めていたようです。

■家の土葬はさらに少し変わっていて、遺体の手足を切断し、胴体のみを納棺するというものでした。

■家の人間が皆、このように土葬されるというわけではなく、本家、つまり長男の家系が代々この形で土葬されるそうです。

今回はその不思議な埋葬法の由来を知るため、■家の分家だったという山岸さんにお話を聞くことに成功しました。以下の記録は録音を書き起こしたものです。

＊＊＊

蛇神さんいうてね、あんたわかるん。

ほうよ、お金がたまるいうてね。ほやけん、■の家は今もあんな大きいいうて。わたしは信じれんけど。

それに、ここらは川が流れよるけん、昔は台風があると水が溢れよってね。

ほいで、ひとばしら、いうてあんたわかるん。

昔はどこもやっとったんよ。気色が悪い思うかもしれんね。わたしも思うよ。

柱にするんは、だいたいが悪い人やってね。悪い人やから、柱にすると、功徳、いうんかな。功徳が積めるて。蛇神さんもお喜びになるし、こっちにも、悪い人にも、どっちにとってもええこと、らしいわ。わたしは納得いかんけどね。昔の人の話やけん。

蛇さんいうんは、手足がないやろ。やけん、悪い人の手足をもいで、柱にしたという話なんよ。

ほうよほうよ、おかしい思うよね。

悪い人いうても、人を、ええように殺したけんね、バチがあたってしもたんやろね。ずいぶん前から、■の女にはおかしいのが出るようになったんよ。

突然、自殺してしもたりね。ほんなんはええほうで、自分の赤ん坊を殺してしもたりね。

ほっといとったら、■やない家の赤ん坊も死ぬようになったんよ。他の家は祟りやいうて小屋建ててお祀りして、ほんで今度は赤ん坊が柱になったらしいんやけど、やまんのよ。

これはいよいよいかんいうことで、シキクイ様を呼んだんよ、ほしたら、やっぱり柱がいかん言うて。

シキクイ様いうんは、ほうやね、今でいうたら「祓（はら）い屋」やね。

ほんで、■の家の当主は、手足もいで埋まるようになったんよ。

「■■■■■■んよね」言うて。

それ以上のことは、よう知らん。わたしも、あん家、離れたけん。今も、ずいぶん収まったみたいやけど、ほんでも死による。人の思いいうんは、強いんよ。

おるかおらんかもわからん神さんのために、人殺してええわけないわ。悪い人でも、人は人なんよ。

ほうや、あんた子供はおるんかいね。おらんか。ほんならええわ。

もうこんなんに、関わったらいかんよ。わたしらにはどうもできんけん。

余計な人に話したらいかんよ。よう気い付けて帰りや。

8月13日

「なんだこれぇ」

思わず出してしまった声に反応して、どうしたの、と妻のユキちゃんが寄ってくる。

雅臣から送られてきた例の読者賞小説の第一話を読んだが、これは一体なんなのか。実話系というからには『これは●●さんが体験した〜の話である。●●さんが若い頃、悪い仲間と肝試しに』みたいな感じだと思っていた。

しかしこれは三流ライターが書いたネット記事のようだ。たしかに不気味だが、オチもないし、どうしてこんなものを読者賞にしたんだろう。

それに――

「あ、これうちの方の方言よ」

ユキちゃんが言った。

「え、そうなの？　ていうか読んだの？」

「んーん、読んでないよ。チラ見しただけ。ほうよ、とか、ほんで、とか、懐かしくなっちゃった」

ユキちゃんは柔らかく微笑んでいる。

本当に可愛い。ユキちゃんはふくふくとした丸顔で、体のラインも丸くて、歯も綺麗で、笑顔だけでいつも僕を幸せにしてくれる。

見た目通りおおらかで、声を荒らげたり、人を悪く言ったりするのなんて、見たことがない。

一目見たときから大好きで、結婚してても毎日どんどん好きになる。

出会って以来、彼女の口から方言なんて一回も聞いたことがなかったが、この文章だと不気味に感じられる方言も、ユキちゃんが話すとすごく可愛いんだろうな、と思った。

「そっか。でもこれあんまり読まない方がいいかも。なんか、内容が縁起悪いし。創作だから、嘘なんだけどさ」

僕がそう言うと、彼女ははあいと言って、またキッチンに戻って行った。

僕はもうすぐ、父になる。

佐野道治様：前のやつはもう読んだ？（笑）

これは先月亡くなった怪奇蒐集者のドミニク・プライス氏と親交があった、中居薫（なかいかおる）さんが当社の取材班に話したことをまとめたものです。

＊　＊　＊

ドミニクさんは幼い頃から怪談に興味があり、十五のときに小泉八雲（こいずみやくも）の『知られぬ日本の面影』を読んだことがきっかけで、怪談のみならず日本文化全般に興味を持った。彼は母国で大学の日本語学科を卒業したのち日本に移住し、様々な怪談を集めた。そしてどこから聞いたのか、ここ■■にたどり着いたのである。

日本語が堪能で気さくな性格だった彼はたちまち気に入られ、東京から出戻った私よりもずっと土地に馴染んでいるように見えた。

この土地には確かに薄気味悪い伝承がある。それもあって、私は故郷が好きになれないのだが。

川沿いをずっと行ったところにぽつんと小屋が立っている。夜にそこへ行くと、見たこともないような絶世の美女が立っていて、「中へお入りなさい」と誘ってくる。小屋の中で振舞われる料理は大層美味しく、また美女との会話も楽しいものなのだという。散々楽しんだあと、さあ帰ろうというときに、美女は家に引き込んだ者にナニカを告げる。そのナニカを人に話すと大変なことが起きるのだという。

実際にその小屋は存在していて、小さい頃、近所の子供たちと肝試しと称して見に行ったことがあるが、見るからに汚くて、とても中に入る気にならなかった。

さらに誰が言ったのか、小屋を見に行ったことが親にバレて、地元の名士である■さんから私たちは順番にゲンコツを食らった。とても嫌な思い出なので、その後小屋のことは思い出さないようにしていたし、■さんを含めずっとここに住んでいる地元の人々は小屋の話を極端に嫌うので、それ以上のことは知らないが、知る人ぞ知るミステリースポットになっていたようだ。

ドミニクさんもこの話に興味を持った一人だった。集落を一軒一軒回って、根気強くこの話について聞いていた。

前述の通り、地元の老人はこの話をひどく嫌うので、もっぱら祖父母から子供の頃に話を聞いたという三十～四十代の人や、昔ここに住んでいた人などからしか、詳しくは聞けなかったようだが。

そうして一月くらい経った頃、ドミニクさんは「機は熟した」などと言って、深夜に例の小屋に出かけて行った。

翌朝意気揚々と帰ってきた彼は、目を輝かせて「本当にいた」と言った。

私を含め比較的若い連中は、大笑いして全く信じなかった。

彼が熱心に小屋の話を聞いて回っているのを皆知っていたから、大方それを見ていた誰かにからかわれたのだろう。私がそう言うと彼はムキになって、本当に美人がいたんだ、ここの村ではあんな美人見たこともなかった、などと言うので、女性陣は当然面白くない。

じゃあ話してもらおうか、ちょうど夏だし怪談イベントでも開いて、そこでそれを発表したらいい。誰かがそう言った。結局は、イベントといっても比較的新しくこの土地に参入してきた家に、菓子や酒などを持ち寄るというだけのものだったが。

酒もまわってきた午前二時、それは始まった。

ドミニクさんはいきなり本題には入らず、諸国怪談巡りをして聞いたという奇妙な話をいくつかした。

どれもなかなかよくできていてそれなりに怖く、酒を飲んで大騒ぎしていた連中も次第に夢中になり、聞き入っていた。そうして一時間ほど経った頃だろうか、

「■■■■■んよ」

と誰かが言った。

「ワカッタワカッタ、じゃア始めるヨ」

ドミニクさんは立ち上がると、部屋の明かりを消した。わざわざ雰囲気を出すためにロウソクをつけたのだ。

暗い部屋に、ドミニクさんの青い双眸ばかりがきらきらと光った。

「これはワタシがある場所で体験した話です」

よっ！　待ってました！　と沢田がはしゃぐ。

「これはワタシがある場所で体験した話です」

私は思わず横に座っている夏子のうすぼんやりとした顔に向かって、ねぇこれって……と話しかける。

「これはワタシがある場所で体験した話です」

ドミニクさんは冒頭を何度も何度も繰り返し、そこから一切話が進んでいない。ふざ

けているのだろうか。

おいおい、真面目にやれや、と誰かが言うが、ドミニクさんは一切声の調子を変えず、

「これはワタシがある場所で体験した話です」

「これはワタシがある場所で体験した話です」

「これはワタシがある場所で体験した話です」

「これはワタシがある場所で体験した話です」

「これはワタシがある場所で体験した話です」

「これはワタシがある場所で体験した話です」

「これはワタシがある場所で体験した話です」

もう、誰も冷静でいられなかった。電気をつけて、と声が聞こえる。つかないんだよ、
という怒鳴り声と、スイッチをカチカチと何度も鳴らす音がカチカチと。

ふと、それに混じって、畳を擦るような、ざらざらした音が聞こえてきた。

カチカチ。ガサガサ。色々な方向から、

「これはワタシがある場所で体験した話です」

カチカチ。ガサガサ。何かが近付いてきて、

「これはワタシがある場所で体験した話です」

カチカチ。ガサガサ。私の隣に来た。

フッ、とロウソクの火が消える。同時に、それまでいくらやってもつかなかった電気がついた。

最初に目に入ったのはドミニクさんの顔だった。白い、というか青くさえ見える真っ白な顔をしていた。

誰かが悲鳴を上げている。耳が壊れそうに大きな悲鳴。ドタドタと走り回る足音も聞こえる。どこかへ電話している人もいる。私は何が現実かも分からないから、声を出すこともできないというのに。

「これはワタシがある場所で体験した話です」

そう繰り返すドミニクさんの体には、手足がついていなかった。

8月13日

　こういうのってありなんだろうか、と僕は考え込んだ。

「これは実話ですよ」という感覚を読者に与えるため、ルポみたいなスタイルにしているんだろうけど、まとまりがないものを似たようなスタイルで並べられると、短文でもうんざりする。

「洒落怖（しゃれこわ）」みたいに長文でもいいから、ひとつの視点からひとつの話をしてほしい。作中に出てくる方言から察するに、これは田舎で起こった怖い話をまとめた物語なのだろう。

「まあ、結構怖いけどね」

　と呟く。

　僕の少ない読書履歴やネットで拾った怖い話を思い返してみても、この二つの話は聞いたことがなかった。不気味で少し興味がそそられたのは事実だ。

　雅臣は「なるはやで返信くれよな」と言っていたから、そう長い物語でもないしさっさと読んで感想を書こう。

ワードを立ち上げて、タイトルを入力し、その横に短い感想を書いていく。

ユキちゃんは、僕よりずっと怖い話が好きだ。本もよく読んでいる。子供が無事に生まれたら、ユキちゃんにも読ませてあげたい。

佐野道治様：3つめです。早めに読んでくれよな！

従姉の富江さんの子供が死んだ。まだ本当に小さくて、ほんの赤ちゃんだった。

ゆずは父親の車の中で悲しい気持ちになった。ほとんど泣いてしまいそうだった。

可愛い赤ちゃん、腕もほっぺもぷにぷにだった。ゆずには下のきょうだいがいないから、とても嬉しかったのに。絶対たくさん遊んであげようと思ったのに。

「富江お姉ちゃんに会っても余計なことを言うんじゃないわよ」

母親が重苦しい空気の中でさらに重苦しいことを言う。ゆずだってもう小学6年生なのだから、それくらいは分かっているというのに。

ゆずでさえこんなに悲しいのだ。富江さんはどんなに悲しいことだろう。

美人で優しくて姉のように接してくれた富江さん。でも昔から体が弱くて、折れそうに細かった。

ラグビーをやっていたという、富江さんとは正反対な感じのお医者さんと結婚して、赤ちゃんを産んだ。

お正月に親戚で集まったとき、意地悪な雅代おばさんが、

「赤ちゃんの頃、富江ちゃんは死にかけたんよ。あの子、富江ちゃんそっくりやねえ。死ぬといいかんねえ」

と、嫌味たっぷりの顔で言ったのをゆずは覚えている。雅代おばさんの娘、もう一人の従姉のみやびが、しょーもない（とは雅代おばさんの発言だが）男と17で結婚したので、お医者さんと結婚した富江さんに嫉妬しているのだ、と子供のゆずにもはっきりと分かった。

そのときはゆずの父親が彼女を諌めたが、結局は雅代おばさんの言った通りになってしまった。

父方の実家は典型的な日本家屋で、大きさもかなりのものだ。何度かリフォームをしただけあってそれなりに立派に見えるが、夏は暑くて冬は寒いし、廊下も壁も歩くたびにミシミシいうし、ゆずは全く好きになれなかった。

ゆずたちが到着したときには既に車が数台停まっていて、あらかたの親戚は集まっているようだった。

「だんだん」

玄関に入ると、富江さんの父親、ゆずにとっては伯父(おじ)にあたる雅文(まさふみ)さんが出迎えてくれた。だんだん、とはここの方言で、「ありがとう」という意味らしい。

「なんも、なんもよ」

ゆずの父親はそう言って雅文さんの肩を抱いた。

「とみちゃんは」

父親がそう聞くと、雅文さんは暗い顔をして首を振った。

赤ちゃんのお葬式は、去年祖父が死んだときとは全然違っていた。

小さな、本当に小さな棺(ひつぎ)がぽつんと置かれている。わざわざ家に坊主が来てその前でお経をあげるらしい。

祖父のときは、まず遺体を棺に入れてセレモニーホールに運び、そこでお通夜をやったのだが。

ゆずは、遺体が埋まってしまう前に、もう一度あの可愛かった赤ちゃんが見たかったのだが、大勢の大人が厳しい顔をしてだめだと言うので、棺に近寄ることもできなかった。

親戚が揃うと、坊主というよりは、山伏(やまぶし)のような白装束に身を包んだ男が入ってきて、棺の前に腰を下ろした。

かなり訛った言葉で、お経が終わるまで決して立ったり話したりしてはいけないというようなことを言われる。

もう6年生のゆずは大して不安ではなかったが、ここにはまだ小学校に入ったばかりのみやびの子供もいる。彼らは双子で、いつも悪さばかりしていたから、多分今回も耐えられないだろうなとゆずは思った。立ったり話したり、ましてふざけたりしてしまったらどうなるのだろう、と。

山伏から、下を向いて手を合わせるように指示されたのでそれに従うと、すぐにお経は始まった。

「◯！　※□◇＃△‼　んよ」

突然大きな声が聞こえた。女の声だ。訛っているからか、それともあまりにも早口だからか、全く聞き取れない。

「●◯※◆＃◉◉！　んよね」

また聞こえた。

立ってはいけないと言われた。

話してはいけないと言われた。

でも、振り返るなとは言われていない。

そう思ってゆずは、そうっと声のする方に顔を向けた。

すごい美人だ、と思った。

少しだけ富江さんにも似ているが、もっと美人の着物姿の女性が部屋の隅に立っていた。

その人が、ただ一点、小さな棺だけを見つめて大声で何やら話しているのだ。

「☆！　※●◇＃△！　よ」

こんなに大声で話しているのだから、ゆず以外にも後ろを振り返る人がいてもおかしくないのに、皆、神妙に手を合わせて下を向いたままだった。

――皆、きちんとあの人の言うことを聞いているんだ。

ゆずは少し恥ずかしくなって再び手を合わせ、棺の方に向き直った。

きっとあの美人は山伏の知り合いの人で（同じように山伏なのかもしれない）、一緒にお経を上げてくれているのだろう。そう思うと、女性の大声も気にならなくなった。

体感で15分ほど経った頃だろうか。案の定、双子がむずかりだした。

双子はゆずの左斜め前に座っていた。最初は体を揺らして足を崩すだけだったが、そのうちお互いに小突き合って、にやにやと笑う。

みやびがその度に怖い顔をして制止するのだが、この手の男児をその程度で止められるはずがなかった。

小突き合いがエスカレートして、とうとう弟の方、そらが立ち上がって叫んだ。

「りくがオレのことぶった！！！！！」

バーン！！！！！

凄(すさ)まじい音とともに仏間を囲んでいた襖(ふすま)が全て倒れる。

叫びそうになるが、その前に山伏が鬼のような顔で怒鳴った。

「声を上げるな!!」

皆、必死に手で口を押さえて声を押し殺した。

「○●※●◇●△しき」

あの、着物姿の女性だけは話し続けている。女性のいた方を振り返ると、彼女は顔を棺の方に向けたまま、畳に腹ばいになっていた。

そして、徐々に、徐々に、這い寄ってくる。

「ちしにそまばきやちよふたばのまつのまつかわらじとこそおもしにしもすてはてたもあらうらしやすてられおもいのなみだにひとをうらこちあるときはこいしく」

急にはっきりと女性の声が聞こえるようになった。

――ギシ、ギシ、カサカサ

ふいに、音がする。天井と、壁と、床が、軋んでものすごい音を立てているのだ。

女性はどんどん近付いてくる。逃げたい、大声を出して母親に抱き付きたい。でも、立ってもいけないし話してもいけない。

「いうよりはやくいろかわりいうよりはやくいろかわりけしきへんびじょみえつみどりのかみくろくものなるかみもおもうなかさけられうらみのなってておもいしらせ」

女性が目の前にいる。ゆずの方を見ている。

なんで。なんで。声を出したのはそらなのに。

ゆずの膝をつかんで、

「そこらへんじゅうまがりまわるなや　きしょくがわるいんじゃ　どろぼう」

そこから先は覚えていない。ゆずは気を失ってしまったのだ。

気が付くと、伯父の大型車の中にいた。横にはあの山伏がいて、必死に何か唱えている。

ゆずが目を覚ましたのに気付いて、山伏の顔がぱあっと明るくなる。

伯父と父親、山伏が話しているのをぼうっと眺めて、また眠くなったのを覚えている。

それから二度と、ゆずが父方の実家に足を踏み入れることはなかった。

双子の片割れ、そらが死んだときも、葬式には行かなかった。

女性の言葉は、意識の奥深くに刻み込まれ、その後もしばしばゆずを苦しめた。

そこらへんじゅう（色々なところを）　まがりまわるなや（触ってまわるな）　どろぼう（泥棒）

8月13日

雅臣は最悪なヤツだ。全く呆れ果てる。

僕はFB(フェイスブック)でも報告したし、会ったときも、

「ユキのお腹には赤ちゃんがいる」

とたしかに説明したはずなのに。

一話目が赤ちゃんを生贄(いけにえ)にする話で、二話目は違うけど、三話目も赤ちゃんが死ぬ話じゃないか。

こんな話を赤ちゃんが生まれる予定の僕に送り付けてくるなんて、どういうつもりなんだろう。

それに、僕のことはまだしも、ユキちゃんのことは気にかけないものだろうか。

雅臣は、ユキちゃんの従兄(いとこ)なのに。

前の彼女にこっぴどく振られて落ち込んでいた僕にユキちゃんを紹介してくれたのが雅臣だった。ユキちゃんは本当にいい子で、こうして結婚にまで至ったわけだから、僕

は彼に大きな恩義を感じていた。雅臣にしたって、結婚式のときあれだけ祝ってくれたのだから、僕ら夫婦のことは気にかけてくれると思っていたのに。

あまりにも配慮がなさすぎる。

今後の友情や親戚付き合いなどのことを考えると、穏便に済ませたいので直接苦情は言いたくないが、とにかくこの小説はもう読みたくない。雅臣なら友達も多いだろうし、別の人にやってもらえばいいのだ。

そう思って雅臣に電話をかけようとスマホを手に取ると、こちらを見ていたかのようなタイミングで雅臣からの着信が表示される。

『もしもし』

「……雅臣、あのさ」

『おっ。その調子だと読んだな、どうよ』

「どうよって……悪いけど、俺、降りたい。モニター読者は別の人に頼んでくれ。これ、なんとなく良くない感じするし」

『良くないってなんだよ、わたし霊感あるのーってやつか？』

雅臣はガハハと豪快に笑った。

「真面目に聞いてくれよ。ユキちゃんのこと……分かるだろ」

しばらく沈黙が続いた。怒っているのだろうか。怒られる筋合いはない。僕はなるべく丁重に、角が立たないように言ったつもりだ。

沈黙が気まずい。このまま電話を切ってしまいたいくらいだ。

次にどういう言葉をかけようか考えあぐねていると、雅臣の笑い声が聞こえてくる。

『怒ったと思った？　怒ったと思った？　今どんな気持ち？　ねえねえ』

「な、なんだよー」

いつもの雅臣だった。雅臣はひとしきり僕をからかったあと、

『分かった。ごめんな、無理に頼んで。道治も忙しいもんな。それとは全然別の話なんだけどさ、懐妊祝いってことでささやかだけど渡したいもんがあるから、都合の良いとき家に行ってもいいか？』

「それは全然いいよ。ていうかありがとな。わざわざ」

僕と雅臣はスケジュールの調整をし、二、三、軽口を交わした。

『ユキによろしくな』

と言って雅臣は電話を切った。僕はなんだかものすごく疲れて、その日はベッドに入るとすぐに眠ってしまった。

8月13日

恐ろしい夢を見て、夢の中で悲鳴を上げて、自分の悲鳴のあまりの大きさに飛び起きた。内容は覚えていないが、おぞましいものを見たという感覚が背筋にこびりついていた。シーツがグッショリと濡れている。

あの日、雅臣と電話してから、毎日こうだ。呪いとかそういうものは信じないけど、やっぱり精神的に悪い影響を受けてしまったのかもしれない。

ユキちゃんが眠そうな目をこすって、どうしたの、と心配そうに聞いた。

なんでもないよ、と答えてペットボトルの水を飲み干した。シャワーを浴びて、着替えなくてはいけない。

今日は雅臣が家に来るのだ。

ユキちゃんが昼食の用意を済ませたところで、扉を叩く音がした。雅臣かな？　と思ったがそれはおかしい。

うちはオートロックのマンションなので、いったんエントランスでインターフォンをなのだ。

押してもらわないと解錠できない。つまり、直接うちの玄関に来ることはできないはず

　ユキちゃんが、はあい、と言って扉を開けようとするのを手で制して、おそるおそる覗き窓から外の様子を窺う。

「おーい開けろよー」

　横にも縦にも大きくて、快活な笑みを浮かべた男。雅臣だった。

　肩に大きな荷物を吊るしている。これが「ささやかだけど渡したいもの」だろうか。風呂敷に包まれているが、形状から予測すると壺だろうか。ささやかというにはあまりにも大きすぎる。

　それに、様子がおかしい。今は夏も夏、真っ盛りだ。さらに雅臣は体格が大きく、汗っかきだ。

　なのに、雅臣は真っ黒なコートで全身を覆っている。

「いるんだろー、分かってんだよー、早く開けろよー、暑いんだから」

　雅臣が大声で言った。笑顔だけはいつもの雅臣で、それが余計に気持ちが悪い。

「どうやって入ったんだよ」

　負けじと大声で返したつもりだが、恐怖で声がひっくり返る。

「どうやって入ったんだよー」

雅臣がバカにしたように鸚鵡返しをした。ドウヤッテハイッタンダヨードウヤッテハイッタンダヨー、と繰り返す。

「お前、おかしいよ、絶対！　申し訳ないけど帰ってくれ！」

アッハッハッハッハッ

けたたましい、としか表現できない声で、声帯が爆発したみたいに雅臣が笑う。

「正直中に入るのなんて簡単にできるんだよでも俺一応気を使って聞いてやってるだけなんだよねアッハッハッハッハ」

「何がおかしいんだよ！」

突然、視界が暗くなる。雅臣が、覗き窓に目一杯顔を近付けたのだ。

「おかしいに決まってんだろ。お前、全然気付かないんだもん、おかしいよ、おかしくてアッハッハハたまんねえよッハッハッハハッハハハ」

「何に、何に気付かないって言うんだ、け、警察呼ぶぞ」

「質問そのいちーーーッッ！」

雅臣は顔を離して、気をつけ、のような姿勢で叫んだ。

「愛しのユキちゃんはどこでショォーーーッ！」

言われて振り返る。ユキちゃん、ユキちゃん、ユキ、ユキがいない。

嘘だ。だって今まで、ほんの今さっきまで僕の後ろに。

「質問そのにーーーーッッ‼」

なんで、という僕のつぶやきをかき消すような大声で雅臣は叫ぶ。

「■■■■■ってなんでしョオオォーーーーー」
■■■■■んよね。あの小説で繰り返し繰り返し出てきた言葉。
頭が割れるように痛い。

「質問その三、ヒントを沢山与えたのに気付けなかった馬鹿はどうなると思う？」

耳元で雅臣が囁いた。

8月30日

裕希と出会ったのは■雅臣の紹介です。ふくよかな美人でいつも微笑んでいました。その微笑みを見るたび僕は心臓を締め付けられたようになって、動けなくなりました。夢中でした。なんとか裕希を口説き落としたくて毎日必死でした。裕希は「■■■■■んよね」と言いました。だから、付き合ったとしても結婚はできないと。それでもよかった。裕希といられれば。でも僕は欲を出してしまいました。子供がいなくていいから結婚したいと。裕希は優しい女です。結局は折れてくれました。雅臣も、■家の面々も、一応祝ってはくれたものの、やはり「■■■■■んよね」と言い、絶対に子供を作ってはいけないということでした。死ぬときと死なないときがあって、今回は絶対に死ぬときなのだと。「俺の命もかかってるんだからな」と雅臣は言いました。死んでしまったらもう、埋まるしかないのだと。でも僕は欲を出してしまいました。裕希は孕みました。でも、堕ろせ、と言われました。裕希も堕ろしたい、と言うようになりました。でもそんなこと、絶対、許されることではないと思う。そう思って、裕希を家から出さないようにして、雅臣や、■家の人間と会わせないようにしました。僕も仕事を辞め、家にいて裕希に付き添い、一切の世話をしました。そのうち裕希の顔にも母性が見え始めました。裕希は世界で一番美しい母親の顔をしていました。幸せでした。でも長く続きませんでした。僕がトイレに行った一瞬に裕希が消えました。雅臣がやりました。僕が雅臣に電話して裕希を返すように言うと、今から家に行くと言うので、馬鹿にあっさりしてるなと思い、いい気分でした。それで雅臣が家に来たんですが真っ黒なコートを着ていて、夏なのに馬鹿みたいだと笑うとコートを脱いで、そしたら腕がありませんでした。「もうここまで来てるんだ」と責めるように言いました。大きい、本当に大きい壺を出してきて、「裕希だ」と言います。中を確かめようとすると頭をぎゅうと壺の入り口に押し付けられました。中には大きい蛇が入っていました。「お祈りしろ」と雅臣が言います。「お祈りしろお縋りしろ」と言います。ギリギリという音が体の内側から聞こえてきました。関節がねじ切られる音でした。ミシミシと軋みます。「お祈りしろお縋りしろ」と雅臣は繰り返します。左腕が火だるまになったみたいに痛みます。僕は祈ります。お願いします。お願いします。どうかおねがいします。ますます左うでは痛みます。ムカつきました。おいのりしたところで意味がないじゃないかと雅臣に言いました。そのあいだもますますいたみがツヨくなるのでボクは首に力を入れて雅おみをフりほどこうとしたんですけどよくみると雅おみは足もなくなっていたんです。雅おみは太ってて体もでかいんですけど、うでと足がないと小さくてふかふかしてるからくまのぬいぐるみみたいでかわいいとおもいました。なでてあげようとしたけど、ツボの中のヘビがそれも全ブたべてしまったからできませんでした。そういうわけでボクは今もこまっています。ボクのつまどこですか。赤ちゃんがいないとこまります。さがしています。

※

以上は、自傷他害の恐れありとして警察に保護され措置入院に至った破瓜型の統合失調症患者佐野道治の医療面接時の記録である。

搬送されてきた当時は左腕の損傷が激しく、そちらの治療が優先された。

文中の「■■■■■」に関しては、患者が口に出してはいけないと繰り返し懇願する(本人も口に出したくないようでこの部分は筆談による)ため、伏せ字にしてある。

なお、患者が妻であると主張する「佐野裕希」という人物と本人が婚姻関係にある記録はなく、「佐野裕希」の存在も確認できていない。

会話の最中も奇矯、わざとらしさ、表情の平板、幻聴、妄想、思考の連合の弛緩、滅裂思考、感情の鈍麻、情動の易変といった幻覚妄想症状がみられた。会話が三十分を超えると呂律が回らなくなり、以降は筆談とノンバーバルコミュニケーションにより記録を続けた。そのため、一部患者が書いたものを原文のまま記載している。

引き続き投薬治療と並行して、心理援助を行なっていく。

※

以上が、先輩医師の症例研究資料に書かれていたことである。(私の記憶によるメモ)

どうだろう、この「読」と「語」。おそらく同じ話を根源としているとは思わないだろうか。

共通点をピックアップしていこう。

まずもうこれは確定的だろう、この一連の話に関連する土地は愛媛県の松山(まつやま)である。「ある学生サークルの日記」に出てくる名産品、名物の数々、それに「語」の章の特徴的な方言は伊予(いよ)弁である。この学生サークルは、水難事故に遭った某私立医大の学生グループで、当時かなり大きく報道されたため記憶に残っている読者も多いのではないだろうか。ラフティングの際の事故で、一人を除いて全員が亡くなった。さらにドミニク・プライスというホラーコレクターの男性もまた実在の人物で、ダートマス大学の職員であり、松山旅行中に亡くなっている。ただ、事実と異なることがあり、彼の死因は交通事故とされている。四肢を切断されて……といった異様な死に様(ざま)の記録はない。

そして、塗りつぶされている（実際のカルテでも名前は伏せられていた）一字はおそらく「橘（たちばな）」である。「語」で繰り返し出てくる「■家の土葬」「■の女」「地元の名士である■さん」これらは全て、橘、が該当すると思われる。

根拠としては、「読」の「ある夏の記憶」という話を見て欲しい。そこには橘雅紀という少年が出てくる。そして「語」の患者の親友の名前「雅臣」、ゆずという少女の視点で語られる話に出てくる「雅文」「雅代」「みやび」……おそらく橘の本家筋の人間には「雅」の文字が名前に与えられると思われる。「雅」とつかない名前の人間もいるため、本家筋の法則はあまり確かではないのだが、他にも「読」と「語」の怪異に関連する家系が橘だとする根拠がある。「読」において猛威を振るった「豊」。「語」に出てくる「富江」「裕希」。「ゆず」は「裕寿」あるいは「裕珠」と表記する可能性がある。彼女たちの名前には、富や繁栄に関連する一字が与えられている。覚えなくてはいけない七つの言葉のひとつである「豊穣」について、木村さんは豊のことだと解釈していたが、「語」を読み解くと、豊穣とは橘の女を指す言葉なのではないだろうか。

一方で「松」という、おめでたい名前ではあるが富や繁栄と結び付けるのが難しい名前の女もいるので、名前の法則はあくまで憶測に過ぎない。

最大の共通点「だるま」について話そう。

「読」「語」双方で必ず四肢を毟られる人間が出てくる。これは橘家の埋葬の話、「語」

の結末で出てくる蛇に関連するかもしれない。さらに踏み込むと、例の「ギシギシカサカサ」という音。「読」だけ読めば、「ギシギシ」は豊が首をくくった梁が軋む音、「カサカサ」は豊の帯が床板を擦る音と解釈できる（作中の松もそう解釈している）。しかし、「語」まで読むと印象が変わってくる。これは手足のない何かが床を這う音なのではないか、ということだ。「ゆず」の話に出てくる着物姿の女性の怪異は、這い寄ってゆずに近付いてきた。またドミニク氏の話で中居薫さんは「何かが近付いてきて私の隣に来た」と明言している。

着物姿の女性の怪異に関しては、「民俗学者」とドミニク氏の話に出てきた小屋に関連するため、豊なのではないか、と推測する。ゆずが「少しだけ富江さんにも似ているが」と言っているため、橘の親族であることは確定的であるうえ、怪異はゆずに「そこらへんじゅう　まがりまわるなや　どろぼう」と言い放っている。ゆずのことを彼女の妹である松と認識しているため出た発言だと思われ、豊自身である可能性が非常に高い。

書き忘れていたことだが、豊と松が橘の人間であると思った理由はいくつかある。

橘家は、貧しい山間地帯にありながら、恐らく代々裕福な家であった。「ある少女の告白」を読むと分かりやすいだろう。一読、山間部の貧農をイメージしてしまうかもしれないが、豊と松の生家は非常に裕福である。

豊が妙子先生の弟に見初められ、夜な夜な逢い引きに向かうシーン。「ばかにめかし込んで」という描写がある。昭和初期の日本においてもし彼女がイメージ通りの貧農の子、あるいはごく一般的な商家の子であったなら、まず「ばかにめかし込む」のは不可能である。

そして松。「お松ちゃんなら、上の学校に行けるわよ」という台詞から推測するに、彼女は十一歳より上の年齢である。不器量な彼女は、つまはじきにされながらも、火鉢の側でゆっくり本を読むような余裕がある。昭和初期で田舎ということを考えると、さして幼くもない子供が家の手伝いもせずくつろいでいるのは非常に違和感がある。また、彼女の独白に一切父親が働いている描写がないことも気になる。彼は毎日酒を飲んで家にいるような様子さえある。恐らく彼女の父親は、もう十分に裕福で働く必要がなかったのではないだろうか。

松の独白で生活の不満点が「女が働いたら馬鹿にされる」というのがメインなのもそれを証明している。彼女がかなり賢い、大人びた少女であることは間違いない。だから彼女は「目的意識を持って勉強し働きたい」という願望を抱いている。しかしもし彼女の家が一般的な家庭ならば、「ひもじい、たくさん食べたい」やら「仕事の手伝いなどしたくない」というのが含まれてもいいはずである。「女中仕事の一つも覚えやがれ」と罵(ののし)られてはいるものの、彼女が家事の類をしている様子は、一切ない（ないからこそ罵られたのかもしれないが）。「女中仕事」という表現も、家事の類は女中（今風に言えばメイド）の仕事であるという認識から生まれたような気がする。いずれにせよ、彼女の願望はかなり高度な欲求である。

　豊の結婚が決まったときの描写も、「親戚や、村中の人が集まって」とある。田舎の居住スペースは大きいので、大人数を収容できる広さがあることはまだいいとしても、結婚が決まってすぐに大勢の集まる祝いの席の準備ができる経済力と機動力が、尋常ではない。

　そしてゆずの話に出てきた着物の女性が豊だとすると、勉強ができる松と同様、豊にも教養があると分かる。

「ちしにそまばきやちよふたばのまつのまつかわらじとこそおもしにしもすてはてたもあらうらしやすてられおもいのなみだにひとをうらこちあるときはこいしく」

「いうよりはやくいろかわりいうよりはやくいろかわりけしきへんびじょみえつみどりのかみくろくものなるかみもおもうなかさけられうらみのなってておもいしらせ」

　これは間違いなく能の演目のひとつである「鉄輪(かなわ)」の台詞である。

「鉄輪」は夫に浮気をされた女が悪霊となって夜寝室に現れ、それを安倍晴明が退けるという内容だ。

本来の台詞は、

「恨めしや、御身と契りしそのときは、玉椿の八千代二葉の松の末かけて、変らじとこそ思いしに。などしも捨ては果てたもうらん。あら恨めしや、捨てられて」

「言うより早く色変わり。言うより早く色変わり。気色変じて今までは美女の容と見えつるが、緑の髪は空さまに。立つや黒雲の雨降り風と鳴神も。思う中をば避けられし。恨みの鬼となって人に思い知らせん。憂き人に思い知らせん」

である。悪霊となった女が恨みつらみを吐いているわけだ。

このような引用が出てくるのは、高い文化的素養の証である。

豊は生前、能の鑑賞をしたことが複数回あるのかもしれない。

以上のことから、豊と松の家はかなり裕福で、使用人まで雇っていると考えるのが妥当だ。

そして豊の死因。書いてあることだけから読み取ると、妙子先生の弟に貰った鼈甲の簪を松に隠されて、絶望のあまり自殺、である。しかしあまりにも直情的すぎる。確かに高価な贈り物を失くしたとあっては印象は悪くなるだろう。しかし、死ぬほどのことであろうか。

豊は作中で「あたし奥様になるのよ」と発言しているが、おそらく彼女が東京の妙子先生の家に入るとして、それは正妻ではなく第二夫人の立場で、ということになるだろう。

妙子先生の父親は軍医大佐である。昭和初期の日本軍において、軍医は医学部一年生の中から志願者を募り、試験を経て採用される。その後、数ヶ月の歩兵訓練を受けて、階級は曹長(そうちょう)からのスタートとなる。これは軍隊という厳しい階級社会において、階級が下の者からの命令（命令には医師としての保健指導も含まれるはずだ）は、皆馬鹿にして従わないので、そのようなことがないように、という配慮であろうが、とにかく一般人と医師ではスタート地点から違ったわけである。しかし、それにしても、大佐というのは佐官である。元々の家柄がそれなりに良いのだ（軍医科は基本的に中将までの昇進が最高であり、ほとんどの軍医は佐官、つまり少佐以上の階級に上がらない）。

そんな家柄の人間が、その地域限定では力があるとはいえ、田舎の、なんの関わりもない家の娘を正妻として迎えるだろうか。豊がそこに思い至らなかったとも思えない。

そして大きなメリットがないのは豊、ひいては橘家にとっても同じことである。たとえ豊が簪を紛失した件で東京行きが駄目になったとして、彼女は、東京のそれなりに家柄のいい家の第二夫人の立場に収まる機会を逃すだけだ。普通の女性にとってそれは大きな損失かもしれないが、豊の場合、村一番の美人、妹の松の年齢から考えても恐らくはまだ十代で、さらには働かなくても食べていけるほどの環境にいるのだ。妊娠しているということはマイナスになる可能性もあるが、これだけの好条件が揃っていれば、妙子先生の弟を逃したとしても、他にも縁談の口はいくらでもあるだろう。そうした縁談を受けた方が、東京で第二夫人をやるよりも幸せに暮らせる可能性もあるのだ。

　彼女の死の動機「松に簪を隠された」は弱く、非常に突発的で衝動的なものである。

　ここで思い出すのが「語」に出てくる酒井宏樹記者のインタビューに登場する山岸老人の話である。

＞悪い人いうても、人を、ええように殺したけんね、バチがあたってしもたんやろね。ずいぶん前から、■の女にはおかしいのが出るようになったんよ。

＞突然、自殺してしもたりね。ほんなんはええほうで、自分の赤ん坊を殺してしもたりね。

豊の自殺はどちらかというと、この「橘の女がおかしくなる」法則が原因ではないかと考えられる。

皆目見当がつかないのが、四肢を毟られる法則である。

「読」と「語」二つの話の中で、自発的にせよ、外的要因にせよ、四肢を毟られた（毟られそうになった）と明記されている人物は由美子さん、周辺の家の赤子たち、橘家の当主、人柱、ドミニク・プライス、雅臣、佐野道治である。

まず由美子さんとドミニク氏に関しては、推測しやすい。彼女たちは知り過ぎたのだろう。興味本位で踏み込んではいけないところで、何かを知ったために怪異によって消された。

次に、橘家の当主と周辺の家の赤子たち。彼らに関しては、山岸老人の語りによると、人柱になった罪人たちへの供養の目的で、四肢を毟られている。

人柱に罪人やらはみ出し者やらを選んだ結果、彼らの怨念で祟りが起きる、というのはよくある展開で、非常に似通った設定の書籍を読んだことも何度かある。

しかし本件の話は不可解で、その怨念を鎮めるために当主が手足を捥いで埋葬されるという。これが彼らが信仰する蛇のために、蛇を模した形で捧げられる、というなら分かるが、文脈通り罪人たちの供養という話なら、当主がそのように埋葬される必要はなさそうである。一体何のために？

まあ、目的は分からないが、法則は分かる。とにかく、この地域の地主であろうか、その家系の当主は手足を捥がれて埋葬されるのである。情報が少ない中で無理に考察するのはやめておこう。

目的も法則も分からないのが、雅臣と佐野道治だ。なにしろ佐野道治本人の記述には、意味不明な点が多い。

統合失調症、と判断されたのは無理もないが、この診断が妥当だとも思わない。

統合失調症は、確かに陽性症状として妄想や幻覚・幻聴の類が見られる。例えば、東京は阿佐ヶ谷に住む専業主婦が、突然「私の脳は世界の銀行とつながっているため政府に消されつつあり今も監視されている」と訴えたりする。患者のほとんどには病識もない。

そして、実在の人物を架空の人物と誤認する例もある。しかし、全く架空の人物と暮らしたことを、ここまで克明（こくめい）に、矛盾なく語る例は見たことがない。「裕希」という人物が架空の人間であるとは考えられないのだ。彼は錯乱しているが、妄想を信じ込んだり幻覚を見たりしているわけではないだろう、と考えてしまう。

「語」に関しては、私の記憶から書き起こしたものだ。橘家の埋葬の話と中居薫さんのインタビューは、雑誌に掲載されていたため記事をほぼそのまま引用しているが、佐野道治の語りとゆずの話は、かなりの部分を創作で補完している。もう一度先輩に頼んで、実物の記述を見てから仕上げたいと思ったが、同期を通じて先輩にコンタクトを取ろうとしたところ、彼女は一昨年に体調を崩して実家に帰り、連絡先も分からないということだった。同業者にはこういうパターンも多い。仕方のないことだが、とても残念だ。

いずれにせよ、理由は推測できても、手足を毟られた者の共通項が全く見出せない。

そういうわけで最大の謎である「■■■■■んよね」も全く分からないのだ。記憶では黒塗り五文字だったような気がするのだが、もしかしたらそれより多かったかもしれない。

分かりやすくするために私の方で揃えたわけだが、中居薫さんのインタビュー記事では●×△■、のような表記になっていた。

ドミニク氏も由美子さんも、この言葉を知ってしまったがために怪異に襲われたと思うので、どうしても知りたいところだ。

暗礁に乗り上げたと思われたこの「橘家の怪異」の謎だったが、実は、しばらく経ってまた新たな展開を見せた。

次の章に進んでいただきたい。

見

鈴木舞花

娘の茉莉が喘息だと診断されたのは、小学校に上がってすぐだった。疲れやすい、踏ん張りの利かない子だとは前から思っていた。幼稚園の運動会でも一人だけ最後まで走れなかった。

茉莉以外の全員が、手作りの金メダル「がんばったで賞」をもらって笑顔でいる中、顔を真っ赤にして泣き出してしまった彼女を、わたしは叱責した。なぜ走れないの。どうしてがんばれないの。もう少しだったじゃない。

思えばそれは、茉莉の中に過去のわたしを見ていたからだ。わたしも体が弱く、根気がなく、運動音痴で、すぐ泣いてしまう子供だった。そしてそのことは、30代を迎えた今になっても強いコンプレックスだ。

本当に可哀想なことをしてしまった。わたしこそ、彼女の気持ちを分かってあげなければいけなかったのに。どんなに悲しかったことだろう。わたしはそれに追い打ちをかけてしまったのだ。

小学校に上がる頃には、茉莉はすっかり内向的な性格になっていた。子供向けアニメの美少女戦士ものの、主人公の赤髪の少女が、茉莉は好きだった。でも、お友達とアニメのごっこ遊びをするとき、必ず遠慮してあまり人気のない緑や黄色の少女の役を選んでしまうような子だった。

そんなふうだからだんだんお友達もいなくなってしまって、5月の半ばには、教室に行くことができず、大半の時間を保健室で過ごすようになっていた。

担任の鳥海先生は非常にあたたかい人で、茉莉のことをよく気にかけてくれた。小児科の受診を勧めてくれたのも鳥海先生だ。そのおかげで、茉莉が喘息だということ、そして、東京の猥雑な空気が茉莉の喘息をひどくしていることに気付けた。

わたしは一も二もなくこの田舎への移住を決意した。

新しい家は、川沿いにある白漆喰の美しい家だった。

内見したときにひどく惹かれて、即決したのだ。

なんでも、かなり前から建っていた建物をつぶして洋館風の家に建て直したらしい。少々変わった造りで、種々の花が植わった、丁寧に手入れされた庭がぐるりと家の周りを囲んでいる。これは恐らく、春になればより美しくなると思われた。

お花がたくさん咲いてるよ、嬉しいね、と言うと、茉莉は小さく頷いた。茉莉のためにも、前の家主と同様、庭の管理に努めなくてはいけない。

一番不安だったのは、小学校のいじめ問題だった。

ニュースを観ていると、田舎のいじめは陰惨で、家族ぐるみ、町ぐるみで行われ、悲惨な末路を迎えるケースが多い。

もし茉莉がそのターゲットになってしまうようなことがあれば、小学校には通わせず、自宅で勉強を教えようと思っていた。わたしは茉莉を出産するまでの短い期間、中学校で教鞭を執っていたこともある。

しかしそれは杞憂に終わった。

贔屓目抜きに顔立ちが整っており、わたしの選んだシックで可愛らしい服に身を包んだ茉莉は、「都会から来たお嬢様」というポジションを獲得したようだった。

引っ込み思案で人見知りな性格も、「上品」というようにポジティブに捉えられたのだろう。

相変わらずこれといって親しい友達はいないようだったが、様々な子供たちが茉莉に笑顔で挨拶をし、なにかと話しかけてくれていた。茉莉も笑顔が増え、ここに来てからは喘息の発作も起きていなかった。

問題は近所づきあいだった。

地元の権力者と思われるTさんという人が、「鈴木さん、鈴木さん」と、盛んに交流を求めてくるのだ。

わたしはそういった田舎特有のウェットなつきあい方をしたことがなかった。

最初は我慢して会合に出席していた。基本的には、聞いたこともないナントカさんがナントカしたらしいという、心底どうでもいいことを話しているだけだった。茉莉をのびのびとした環境で過ごさせてやりたかったのは間違いないし、常日頃からこういった会合があるのは、この場所が平和であるということの証左だ。しかし、このような時間の無駄は、わたしが望んだことではなかった。

案の定、近所づきあいにかまけた結果、茉莉に良くない影響を与えてしまった。からだの問題ではない。こころの問題だ。

ある日、おやつを作り、2階の子供部屋にいる茉莉に「おやつよ」と呼びかけた。いつもならすぐに聞こえてくるはずの、階段を下りる音が聞こえてこない。本にでも夢中になっているのだろうか、そう思って様子を見に行くことにした。

階段を上がる途中で違和感に気付いた。子供部屋から賑(にぎ)やかな笑い声がする。確実に茉莉の声ではあるのだが、彼女は笑うときに声を上げるような子ではない。その茉莉が、母親のわたしでさえ聞いたこともないような大きな声で笑っているのだ。

「茉莉」

扉をあけて呼ぶと、茉莉は急に笑うのをやめてわたしを見上げた。床に座っており、彼女の前には以前わたしの母が買い与えた、鏡のついたオルゴールが置いてある。このオルゴールはネジを回すとラデツキー行進曲とともに、鏡の前についている可愛い兵隊のお人形が剣を振るうのだ。茉莉は女の子なのだから、バレリーナのついたオルゴールが良いと母は言ったらしいが、気の弱い茉莉が、珍しく強固にこれがいい、と主張するため、兵隊のものにしたようだ。

「ママ」

茉莉は柔らかく微笑んで、わたしの手を握った。

「なにか面白い本でも読んでいたの」

そう聞くと茉莉は首を横に振った。

「みぃちゃんと話してたの」

「みぃちゃんって誰」

茉莉はオルゴールを指差して、

「くるくるさせるとみぃちゃんが来てくれるの。隠れんぼするんだよ」

ママが来たから行っちゃった、と茉莉は残念そうに言った。

これはイマジナリーフレンドだ。他人には見えない、自分だけの架空の友達。

ある研究では、2～7歳の子供の半数がイマジナリーフレンドを持っているという。なんら異常なことではなく、子供が正常な発達をしている証拠なのだと。でもやはり、解離性症状のある子供や、もっとシンプルに言えば、兄弟のいない子、寂しい子は、そうでない子よりずっと、イマジナリーフレンドを持つ確率が高いらしい。

茉莉は一人っ子で、同世代の友達もいなかった。それでも、ここへ来る前はそんなことを言い出したりしなかったのに。

明らかにここの環境が、そして、わたしが彼女を孤独にさせてしまったのだ。友達がいなくて小学校に馴染めなかったあの頃よりずっと。

わたしは、何かと理由をつけて会合への参加を拒否するようになった。頭が痛いとか、疲れているだとか。おそらく本当にここの人たちは優しい人たちなのだと思う。仲間はずれにしたり気を悪くしたりせず、ただただ心配してくれた。でもその心配が、わたしにはとても重かった。

連日、彼らは家にやってくるようになった。

体を温める料理だとか、煎(せん)じ薬だとか、よく分からない自家製の酒だとかを持ってきた。あろうことか、わたしだけでなく、茉莉にも食べろと言う。すべて庭に埋めた。よく知らない人の作ったものなんて食べられない。でも添加物などは入っていないだろうから、いい肥料になるかもしれない。花が綺麗に咲くかもしれない。

都会の人はカギをかけるんやねえ、と言われた。ついているものを使用して何が悪いのだろう。

とうとううんざりして、

「そんなことをしても治らないので、来ていただかなくて結構ですよ」

とかなりきつい口調で言った。でもそれがよくなかった。

何をやっても良くならないのは、この土地の空気が合っていないからだ、祈禱師(きとうし)のような人を呼んで見てもらえ、とかなり訛(なま)った言葉で口々に言われた。しかも老人たちの中の一人が、驚くべきことを口にした。「茉莉ちゃんは見えるんだろう」と。

イマジナリーフレンドの話に違いない。

わたしは、茉莉のイマジナリーフレンドの話を誰にもしていない。茉莉にも、学校の子に言ってはいけないと念を押した。なぜこの老人たちが、そんなことを知っているのだろう。茉莉は子供だ。もしかしたらぽろっと学校の誰かに漏らしてしまい、それが親を通じて田舎コミュニティに拡散されたのかもしれない。

　こうなると、やんわりとした拒否など通じず、結局その祈禱師に見てもらうことになってしまった。茉莉も一緒に、というのが本当に嫌だった。でも、わたしにはどうすることもできなかった。

　しきくいさま、と呼ばれるその祈禱師は、今風の男性で、しかも美しかった。俳優、それも映画の主演でもおかしくない。うさん臭い中年男性を想像していたわたしはとても驚いた。聞けば、この集落の人間ではなく、Ｔさんが隣県からわざわざ呼び寄せたのだという。冠婚葬祭から地鎮祭、病気の治療に至るまで、Ｔさんの家系は、代々、しきくいさまを頼ってきたとのことだ。

　しきくいさまは、わたしと茉莉を見るなりその美しく隆起した眉間にシワを寄せた。

「いかんねこれは」

「あの、どういうことでしょうか」

　わたしはムッとして彼を睨みつけたが、彼はわたしや茉莉のことをまるきり無視して、Ｔさんに向かって続けた。

「誰ぞ教えてやらんかったがですか。言うたやないですか。どもこもならんて」

さきほどまでガヤガヤとうるさかった野次馬の年寄り連中が、急に黙り込んだ。

「子供さんはいかん。なんべんも言うたが。ほいで花も咲かん」

「ほじゃけんど、うちやって困るが。私らが……」

Tさんの親戚だという老人が途切れ途切れに言った。

青年は大きくため息をついて、苛立ったように足を踏み鳴らす。気の弱い茉莉は大きな音が苦手だ。

「ちょっと、やめてください！　茉莉が怖がるでしょう」

「すいませんね、茉莉ちゃんいうんですか。可愛い子ぉですね」

青年は打って変わって優しい笑顔で茉莉の方を見る。茉莉は真っ赤になって俯いた。無理もない。わたしもあと10歳若ければ、ぽうっとなってしまっただろう。

「茉莉ちゃん、ちょっとボクに教えてくれんかな。茉莉ちゃんのおうちに、お友達おるよね。お母さんには見えんお友達」

茉莉はコクリと頷く。

「ちょっと待ってください。それはイマジナリーフレンドと呼ばれるもので、子供の正常な成長過程に現れるんです！　そんなオカルトみたいな」

「お母さんは喋らんでください」

静かだが、皮膚を裂くような鋭さのある声だった。わたしは何も言えなくなってしまう。

「ほんで茉莉ちゃん、そのお友達は男の子やろか、女の子やろか」

「……みぃちゃんはどっちでもないよ」

茉莉が小さな、蚊の鳴くような声で言った。

と、同時に年寄り連中が悲鳴にも似た声を上げる。

方言がキツくて何も聞き取れない。でもとにかく、何かとてつもなく悪いことが起きているかのような雰囲気だ。

「よーお言いらい！　今更じゃらじゃらしたこと言いなや！」

青年が怒鳴り、また茉莉が下を向いてしまう。

すると青年はしゃがみこんで茉莉に目線を合わせ、笑顔をつくった。

「すまんなぁ、茉莉ちゃんを怒ったわけではないんよ。そのお友達は、茉莉ちゃんになんかお願いとかしてきたかな」

「よく、遊んでって言うよ」

「どんな遊びかな」

「隠れんぼ」

青年の顔が一気に曇る。ぶつぶつと呟いて何か考え込んでいるようだった。

年寄り連中は一様に顔を青くして、中には涙を流して天を仰いでいる者までいる。

わたしはこの状況に、オカルト的恐怖よりもむしろ、怪しげな新興宗教に勧誘されたときのような恐怖を感じてしまった。こうやって相手に恐怖を与えて支配しようとするのは、洗脳のセオリーだ。たとえ相手が顔の綺麗な若い男性であっても、いや、だからこそ怪しまなくてはいけない。

「お母さん」

青年が急にこちらを見上げる。

「あの、おうちに伺ってもえいですか。まあ、伺う以外方法はないんじゃけど」

「い、嫌です」

わたしは絞り出すように答えた。この青年の目はとても怖い。大半の日本人のような茶色い瞳ではなくて、色が何色も重なったような、暗くて深い色をしている。

「他に方法はないんですよ、茉莉ちゃんはこのままやと」

「うるさい！」

自分で思っていたより大きく裏返った声が喉から出た。その勢いのままにわたしは叫んだ。

「うるさい、うるさい！　急に来て、一体なんなの。やっとゆっくり暮らせると思ったのに、毎日毎日毎日毎日押しかけて。眠れないのも具合が悪いのも茉莉が変なこと言い出したのもあんたたちのせいよ！　ねえなんで毎日来るの？　そんなに暇なの？　あんたたちそんなにやることがないの？　鬱陶しいのよ。気遣いのつもりか何か知らないけど、変な酒とか薬なんて飲めるわけないでしょ。全部庭に捨てたわよ！」

「舞花さん、あんた、なんちゅうことを……ほやから、花が」

Tさんがわたしに責めるような眼差しを向けている。

「くっだらない、こんなクソ田舎の慣習になんでつきあわなきゃいけないの。馬鹿馬鹿しい！　あの家はあんたたちからわたしが買ったの。ガタガタ言われる筋合いはない！　変な宗教みたいなのに入ってんの？　気持ち悪い気持ち悪い気持ち悪い気持ち悪い！　もう、二度と話しかけないで」

茉莉が泣いている。可哀想な茉莉、変な奴らに囲まれて、気持ち悪いことを聞かれて。茉莉、絶対にわたしがあなたを守る。

そのまま茉莉を抱き抱えるようにしてTさんの家を後にした。

冷静に考えると、言い過ぎだったかもしれない。本心から「しきくいさま」を信じていて、わたしたちのことを本当に心配して、だから呼んでくれたのかもしれない。

それに、Tさんは地元の権力者だ。あんなことを言ってしまって、もしかしたら、村八分にされてしまうかもしれない。

しかし、結果的にそういう直接的な嫌がらせを受けることはなかった。ゴミは出したら回収してもらえたし、商店でも普通に買い物ができた。

でも、あの日から確実にアレは始まった。

朝、いつものように茉莉を見送って、庭の手入れをする。裏口に生えた雑草を取り、家の中に戻って手を洗おうとすると、門の向こうに真っ黒な着物を着た女性が数人、玄関の方を向いて立っているのが見えた。

何か話すでもなく立ち尽くしている様子は不気味で、声をかけるのも憚られた。わたしに用があるのかもしれないが、できれば応対もしたくない。彼女たちが姿を現すと、わたしは息を殺して花壇の陰に隠れた。太陽がジリジリと首筋を焦がし、汗が顔からも吹き出る。限界を感じ、意を決して立ち上がると、着物の女性は忽然と姿を消していた。

夜になると、わたしは妙な物音で目覚める。壁を擦るようなざらざらとした音。

最初は虫やネズミかと思っていた。でも明らかに違う。それは玄関の方から聞こえてくる。恐る恐る見に行くと、腰の曲がった人間のようなシルエットが、曇りガラスの向こうに見えた。あの老人たちだ、と思った。わざわざ夜、嫌がらせに来たのだと確信した。田舎の陰湿さがただ恐ろしかった。

でも茉莉を守らなくてはいけない。勇気を出して「誰なの！」と怒鳴る。するとすぐ、そのシルエットは遠ざかり消えていく。安心して寝室に戻ると、またざらついた音が聞こえる。今度は玄関とは反対の窓から。そしてまた怒鳴りに行く。消える。それが明け方まで続く。

暴力や、無視、店舗の出入り禁止などではなく、ただ居る、見られる、それだけのことでも、1週間毎日続けば、当然のようにわたしは憔悴(しょうすい)した。とても眠れなかった。目を閉じればあの真っ黒な、不吉な感じの着物の女性が瞼(まぶた)に浮かび、何か物音がすれば腰の曲がった老人のシルエットがイメージされた。だから日中は疲れて、眠くて、どうしようもなかった。茉莉が帰ってきても、以前のように話すことはできなかった。当たり前のように、茉莉もますます「お友達」にのめり込むようになった。学校から帰るとすぐオルゴールを回してけらけらと笑っている。わたしの疲れなど、どうでもいいのかもしれない。茉莉が可愛くないと思ってしまう。

「何をしているの」

「あ、ママ」

「ママ、じゃないでしょう」

てれれんてれれんてれてんてんてん。ラデツキー行進曲が流れている。陽気で、能天気で、腹の立つメロディ。兵隊がそれに合わせて楽しそうに踊っている。爪楊枝みたいな剣を振って。

「何をしているのか聞いてるの」

「みぃちゃんがね」

「みぃちゃんなんていないの」

てれれんてれれんてれてんてんてん。

「いるよ」

「いないのよ」

「いるよ！」

てれれんてれれんてれてんてんてん。

「ママが来るから、いなくなっちゃうだけだもん！」

「いないって言ってんのよ！」

わたしはその不快なオルゴールを蹴り飛ばした。

てれれんてれれてんてんてん。まだ鳴っている。

「いないの、みぃちゃんなんて、いないのよ！」

そのまま何度も、踏みつける。兵隊の首がもげて、てれれんてれれてんてんてん。だんだん、メロディが弱々しくなっている。それでも何度も、何度も踏みつける。茉莉が泣いている。てれれんてれれん。顔を真っ赤にして猿みたいに泣いている。弱々しい剣がわたしの足の裏を刺した。てれれん。血が出ているかもしれない、てれれん。それでもまだ、音が流れている。茉莉が泣いている。可愛いと思えない。茉莉。てれれんてれれんてれれてんてんてん。

「ママ」

耳元で男性の声が聞こえて、ふっと肩が軽くなった。この声は、あなたの。

茉莉が倒れている。横にはオルゴールの破片が散乱している。細かい木片がいくつも刺さってわたしの足は血塗(ちまみ)れだった。

ヒューヒュー、ゼエゼエ。

久しくなかった、喘息(ぜんそく)の発作だ。

無我夢中で戸棚から吸入器を取り出して、茉莉に吸わせる。わたしに触れられて、茉莉の体が硬直するのが分かった。

なんでこんなことをしてしまったんだろう。世界で一番大切な茉莉のことを、どうして一瞬でも可愛くないなんて思ってしまったんだろう。

茉莉に何度も謝ったが、その日から茉莉は、わたしと目を合わせなくなってしまった。限界だと思った。最初は素敵に思えたこの家も、今は周りを囲われた牢獄のようだ。

とにかくTさんに謝るべきだ、と思った。許してもらえないかもしれない。でも誠心誠意謝って、アレだけはやめてもらわなくては、わたしたちはもっとおかしくなってしまう。

母から送ってもらった「とらや」の羊羹を持って訪れたわたしに、Tさんは意外にも、優しく労るように「よう来たね」と言った。

Tさんの家の人が茉莉と何か話している。茉莉は久しぶりに笑顔を見せた。わたしに対しては、もう笑ってくれないかもしれないが。

しかしこれが、連日アレをしてきた人の対応だろうか。Tさんも、Tさんの家の人も、心からわたしたちを労ってくれているように見えるのに。

「もう心配せんでええわ。しきくいさま、呼んだからね」

Tさんはそう言って、茉莉の頭を撫でた。やはり優しく、心の底から慈しむような顔をしていた。目尻に刻まれた笑い皺を見て、一瞬、嫌がらせも何もかもわたしの勘違いで、Tさんは本当にわたしたちを心配してくれている優しい人なのかもしれないと思ってしまう。

そうでなければ、なんでしきくいさまを呼ぶのか分からない。アレと、しきくいさまは、関係がないはずだ。Tさんがやめてくれれば、それでいいはずなのだ。

わたしが手持ち無沙汰で佇んでいると、

「舞花さん、あんた、ひとみごくう、って知っとるかね」

Tさんがこちらを見ている。

「なんですか、突然。申し訳ないけど、宗教とかは」

「安心して。ほんな勧誘ではないわ。知ってはおるんよね」

「ええ、まあ」

Tさんはおもむろに小石を拾って、櫓のように積み上げていく。

「ひとみごくういうんは、いけにえ、にえよ。神様のごはんいうことになるんよ」

「そう……ですね」

わたしは目の端で茉莉を探す。幸いにも茉莉は、女性に折り紙を折ってもらうなどして楽しそうに遊んでいた。こちらの話は聞こえていないようだ。こんな不気味な話、絶対に聞かせたくない。

「でも、本当になんですか、突然」

「あんたも今は暇やろう。少しつきあって……ほいで、あんた、本当に神様はおると思うか」

どう答えたらいいのか分からなかった。Tさんやこの辺りの人の気分を害さないようにするためには、「いると思う」と答えるのが正解のはずだ。しかし、本当に信じているか、本当にいるか、などと聞かれると困る。本心を言えば、信じたことはなかった。クリスマスを祝い、正月には初詣に行き、葬式は寺でやる。わたしはそういう典型的な無宗教の人間だった。

「そうですね、お祈りは、たまにしますよ」

わたしはようやく、曖昧な答えを絞り出した。

「私はおらんと思うんよ」

恐ろしく静かな声でTさんは言った。なんでもない言葉なのに、心がざらざらと毛羽立った。

「私はおらんと思う。ほいでも、ひとみごくういうんは、あった。ほいで、何人もおらんようになった。ひとみごくうがごはんいうなら、ほんで神様もおらんなら、ひとみごくうは誰のごはんやと思う？」

ざわざわざわ。べとついたぬるいような風が吹き、木と木が擦れあって音を立てている。空は2色の絵具を画用紙の上で混ぜたような色だった。もうすぐ日が落ちてしまう。夜になるのが怖かった。あの怖い家よりも、ここで、Tさんといるときに夜になって欲しくなかった。

「ひとがひとを食べるんよ。ひとみごくういうんは、ひとのごはんなんよ」

しきくいさま、彼の本当の名前はMといった。

Mは真っ黄色のバンに乗って登場した。バンが異様に汚れているのが気になったが、彼の顔はおそろしく険しく、そんなことを尋ねられるような状態ではなかった。

「Tさんから大体のお話は伺いました。こちらでもある程度、分かっとります。はよう行きましょう」

そう急き立てられて、わたしたちはバンに乗り込んだ。茉莉は女性の手を握ってうとうとしている。たくさん遊んで疲れてしまったのだろうか。

車は川に沿って進んでいく。このあたりは街灯も少なくて、夜になると真っ暗だった。そこにぽつんと薄明かりが浮かび上がっている。わたしたちの家だった。灯は消してきたはずだった。

「いかん」

Mがブレーキを強く踏む。わたしは後頭部をシートに強く打ち付けて、低く唸った。気持ちよさそうに寝ていた茉莉の体が跳ね上がり、起きてしまった。茉莉はあたりをきょろきょろと見回して不安そうだ。

抗議の意を込めてMを睨むと、Mはますます険しい顔をしていた。

「お母さん、今、ここ、入られんようになった、もう、入られとる」

まったく意味不明だった。

Mは茉莉の方を一瞥して、深くため息をつく。そして、決意したかのように顔を上げて言った。

「ほいでも、やらなくてはいかん。こっからは、歩きで行きます。Tさんとお手伝いさんは、ここで待っちょってください。茉莉ちゃんと、お母さんだけでえいが」

車を降りると、さっきよりも空気がずっと湿っていて重い。ずっと前、旅行で行ったインドネシアで通り雨に遭ったときかそれ以上に、空気が埃っぽくて頭痛がした。茉莉に手を差し出すと、びくりと体を震わせて俯いた。わたしの頭痛はますますひどくなる。

重い頭をひきずって、一歩一歩灯に向かって近づいていくと、茉莉が急に「あっ」と声を上げた。

「どうしたん」

Mがわたしより先に尋ねる。

「おと……」

おと、音か。確かに耳を澄ますと、何か、音楽のようなものが。

耳が音を拾って、脳がそれを組み上げる。そしてゾッとした。

ラデツキー行進曲だ。あのオルゴールは、わたしが踏み潰して、完膚なきまでに壊したのに。首の取れた兵隊の人形と、爪楊枝のような剣が足に刺さり、その痛みまで克明に覚えているというのに。

てれれんてれれんてれてんてんてん。陽気で、能天気で、不気味で、恐ろしくて、てれ、繰り返されて、てれれん、何度も、てれれんてれれん、陽気で、てんてんてん、で、能天気で
「聞いてはいかん」

Mの声が耳に刺さった。

「聞いて、理解してはいかん。聞こえるだけや。これは何の意味も持たん、こけ威しや。今はね」

聞いて、理解してはいけない。

確かに音はするが、ラデツキー行進曲のようなメロディではなく、ただふいごを踏んでいるような、つまり空気が金属を押し上げているようなくぐもった音だ。なぜわたしはこれをラデツキー行進曲だと思ったのだろう。わたしの頭はやはりおかしくなってしまったのだろうか。

Mは、右手でわたしの左手をぎゅうと握った。そして反対側の手で、茉莉の手も握る。じっとりと湿っている。そこで初めて、Mの顔が真っ青で、大量の汗をかいていることに気付いた。

「あの、大丈夫ですか」

そう聞くとMは弱々しく微笑んだ。

「大丈夫ではないがです。でも、ここからは、もう、なんも……お母さんは茉莉ちゃんを守ることだけ考えて、気持ちだけでも、負けんように……」

それだけ言って口を一文字に結ぶと、Mはわたしたちを引っ張るようにして一歩一歩家に近づいて行った。

ずずず。

玄関の表札が見えるくらいの距離になって、音がした。

ずずずず。

何か重いものを引き摺(ず)るような音。

ずずずず。

音のする方を見ようとすると、
ずずずず。

Mが怖い顔をして首を横に振った。

ずずずず。

「今から目隠しをお母さんとまつずずずゃんにするがずずずず出さんようずずずずっても声を出しずずずずずずずず」

ずずずず。

Mがわたしに目隠しをずずずする。茉ずずずしをすずずずず。

Mに手を引かれて玄関に入ると、音が急に聞こえなくなった。目は完全に布で塞(ふさ)がれているので、わずかに光を感じることはできても、今どこを歩いているのかは全く分からない。

数分間歩き回る。牽引(けんいん)されている牛や馬のように。それで思う、こんなにわたしのうちは広かったっけ？　同じところを、ぐるぐる、回っているんじゃないのかな。そもそも、わたしの手を引いているのは本当にMなのかな。茉莉は……

突然肩をつかまれ、押さえつけられる。悲鳴を上げそうになったが口も押さえつけられた。

「お母さん、ボクです。座ってください」

耳元でそう囁かれておそるおそる腰を落とす。布の擦れる音で、Mと茉莉も、同じように腰掛けたのが分かった。

突然、空気が破裂するような音がした。頬の肉を噛んで、必死に叫ぶのを我慢する。

Mは一心不乱に、聞いたこともないような呪文だか、お経だかを唱えている。

ずずずず。

またあの音が聞こえてくる。**ずずずず**。

おかしい。何かが**ずずずず**おかしい。だって**ずずずず**。わたしは騙されているんじゃないのかな。

茉莉は**ずずずず**があったら泣**ずずず**してし**ずず**はずだ。何の声もしない。

ただ、Mのとずずず声がずずずずずずずず。

バタン、と椅子が倒れる音がして、その声もしなくなった。本当に、何の音もしない。視界が真っ暗になっていて、自分が目を閉じていることに気付く。おそるおそる目を開けても、目隠しをしているから何かを捉えることはない。でもやはり、部屋の灯はついているようだ。

目隠しを取ったら……と考える。今目隠しを取ったら、わたしは部屋の中で椅子にたった一人で座っているのではないかと。すべてたちの悪いアレの延長で、地域ぐるみでTさんがわたしを騙しているのではないかと。

本当に何の音もしない。だんだん静寂に耳が慣れてくる。普段は聞こえない虫の声だとか、遠くに流れる川の音だとか、そういうものが聞こえてくる。

自分の血管の脈打つ音も。

この少し速くて浅い呼吸は茉莉のものだろうか。Mはどこへ行ったんだろう。やはりわたしを騙したのかもしれない。

茉莉を抱きしめてやりたい。多分怖くて、声も出せないのだろうから。

わたしは目隠しを取った。

ずずずずずずずずずずずずずずずずずずずずずずずずずずずずずずずずずずずずずずず
ずずずずずずずずずずずずずずずずずずずずずずずずずずずずずずずずずずずずずずず
ずずずずずずずずずずずずずずずずずずずずずずずずずずずずずずずずずずずずずずず
ずずずずずずずずずずずずずずずずずずずずずずずずずずずずずずずずずずずずずずず
ずずずずずずずずずずずずずずずずずずずずずずずずずずずずずずずずずずずずずずず
ずずずずずずずずずずずずずずずずずずずずずずずずずずずずずずずずずずずずずずず
ずずずずずずずずずずずずずずずずずずずずずずずずずずずずずずずずずずずずずずず
ずずずずずずずずずずずずずずずずずずずずずずずずずずずずずずずずずずずずずずず
ずずずずずずずずずずずずずずずずずずずずずずずずずずずずずずずずずずずずずずず
ずずずずずずずずずずずずずずずずずずずずずずずずずずずずずずずずずずずずずずず
ずずずずずずずずずずずずずずずずずずずずずずずずずずずずずずずずずずずずずずず
ずずずずずずずずずずずずずずずずずずずずずずずずずずずずずずずずずずずずずずず
ずずずずずずずずずずずずずずずずずずずずずずずずずずずずずずずずずずずずずずず
ずずずずずずずずずずずずずずずずずずずずずずずずずずずずずずずずずずずずずずず
ずずずずずずずずずずずずずずずずずずずずずずずずずずずずずずずずずずずずずずず
ずずずずずずずずずずずずずずずずずずずずずずずずずずずずずずずずずずずずずずず

ずずずずずずずずずずずずずずずずずずずずずずずずずずずずずずずずずずずずずずず
ずずずずずずずずずずずずずずずずずずずずずずずずずずずずずずずずずずずずずずず
ずずずずずずずずずずずずずずずずずずずずずずずずずずずずずずずずずずずずずずず
ずずずずずずずずずずずずずずずずずずずずずずずずずずずずずずずずずずずずずずず
ずずずずずずずずずずずずずずずずずずずずずずずずずずずずずずずずずずずずずずず
ずずずずずずずずずずずずずずずずずずずずずずずずずずずずずずずずずずずずずずず
ずずずずずずずずずずずずずずずずずずずずずずずずずずずずずずずずずずずずずずず
ずずずずずずずずずずずずずずずずずずずずずずずずずずずずずずずずずずずずずずず
ずずずずずずずずずずずずずずずずずずずずずずずずずずずずずずずずずずずずずずず
ずずずずずずずずずずずずずずずずずずずずずずずずずずずずずずずずずずずずずずず
ずずずずずずずずずずずずずずずずずずずずずずずずずずずずずずずずずずずずずずず
ずずずずずずずずずずずずずずずずずずずずずずずずずずずずずずずずずずずずずずず
ずずずずずずずずずずずずずずずずずずずずずずずずずずずずずずずずずずずずずずず
ずずずずずずずずずずずずずずずずずずずずずずずずずずずずずずずずずずずずずずず
ずずずずずずずずずずずずずずずずずずずずずずずずずずずずずずずずずずずずずずず
ずずずずずずずずずずずずずずずずずずずずずずずずずずずずずずずずずずずずずずず

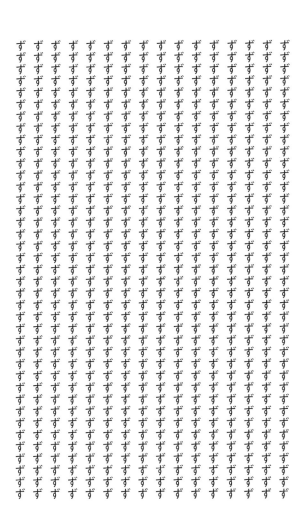

橘家における埋葬について②

回答者＝岩室富士男
テープ起こし＝酒井宏樹

私もあんまり答えたぁないんです。かわいそうなことをしたと思っとるから……ほいでも、残さんといかんから。

あん家は、誰ぞ住まなくてはいかんと、言われとるんよ。仕方がなかったんです。仕方がなかった。

物部さん（式喰いの一族。式喰いとは、この地方特有のまじない師のような存在である）にもどんなに済まないことをしてしまったか……斉清さん（物部斉清）はまだ若くて、チカラも一番あるいうふうに、聞いてました。ほやから、大丈夫やと。ほいでも、子供さんはいかんと言われていたのに……どうしても、誰ぞ住まわさんとこっちが……ええ、言い訳です。なんも知らん人を、身代わりにしてええわけないわ。

茉莉ちゃん（鈴木茉莉）は可愛い子ぉやった。おじちゃんおじちゃん言うて、可愛い、折り紙なんかよこして。ええ子やったです。舞花さん（鈴木舞花）やって、悪い人やなかった。たぶん、都会の人なんやろね。私らのこと、煩わしそうやったし、実際邪険にもされました。でも、ほんなのは仕方ないことや。あんなに若いのに、ご主人を亡くしてしまって。それでも、茉莉ちゃんを立派にええ子に育てて、誰でもできることではない思います。本当に……。

　ええ、すいません、すいません、今更……。

　あん土地はね、霊穴ですわ。分かりますか？　溜まる場所のことや。あすこに、溜まっとるんです。なんでも、ご先祖が、物部さんの前の、ずっと前の式喰いさんに相談して、とにかくあすこに蓋をして、そこに廟堂いうんですか、そんなん建てたらええ、いうことで。花を植えとるんは結界、らしいです。

　蓋をするときにも、何人も持っていかれたそうです。でも、ほれは仕方ないが。私らのもっと前の先祖があんなんしたからや。最初は小屋やったんやけど、それでは機能せん、言われまして。実際、いくつも湧いてましたから。人が住んどらんと意味がないらしい言うて。ほて、どうにかこうにか小屋はちぃと離れたとこに移して、霊穴の上に家建てたんやけど、そん家はもうありません。深井（橘分家と思われる）のとこの嫁が、火ぃ付けまして。

　ずいぶん、いびられとったんは分かってました。ほやから、嫁姑問題いうやつの、復讐よ。あれがないようになったら、皆困るて、分かってたんやないですか。

実際、困った。えらいことになった言うて、物部さんだけやのうて、津守さん（別の式喰いの一族）も呼んで、もうそれは本当に、よう覚えとります。ほて、また何人か死んで、ええ、深井のとこも皆。

結局、どうにかあんな、洋風な感じになったんよ。物部さんが、あん形には全部意味がある言うてました。ほいでも、ほやけど、外から見たら割合綺麗いうか、かいらしいでしょ。それなりに人は来ましたね。ほいでも、外から見たら割合綺麗いうか、かいらしいでしょ。そ

音が聞こえる言うて。ほうよ。女も見えるて。まぁ、小屋はそんままですからね。あんたも見たやろ、あの絵ぇ、確かに私が見ても不気味ですね。あんなぁが近くにあって、ええ気分で寝られるとは思われん。ええ、幽霊屋敷、いうふうに呼ぶ人もおりました。前の住人はアメリカ人のスミスいう人やったんけど、ホラーが好きやからって。なんや、あん家は、アメリカで有名らしいんよ。ナントカいう人のブログを読んだとか言うんよね。

――ドミニク・プライス氏のことではないか、と尋ねると

ドミニク……ああ、ドムね。何年前やったか、ええ人やった……ほいでも、ドムがど

うなったか知らんわけやないやろに。

ほいで、今度こそ長く住んでもらえる思ってたら、突然消えてしまいまして。帰ってしまったんやろね。勝手に、連絡もせんで。ほて、私らも困った。なんでか知らんけど、今は私の持ち物やから、私がなんとかしい、いうことで、どうにか見つけたんです。舞花さんを。

（ここで富士男は泣き出し、しばらく中断）

すいません……どもこもならんて、分かっとるんですけど。茉莉ちゃんは、体の弱い子ぉらしくてね、東京の空気は合わん言うて。舞花さんの後ろに隠れとったんよ……。舞花さんは、せいてる様子やった。早く決めたい言ってましたから、私の説明も聞いとらんかったんかもしれん。ほいでも、子供さんはいかん、危ないから、て説明せんかったのは、私です！　私なんです！

……すいません。ほて、案の定言いますか、■■■が来まして。茉莉ちゃんは見えとりましたね。見えてたもんが、女の子か、男の子やったらえかったんやけど……。斉清さんにずいぶん、怒られました。当たり前や。当たり前。

女の子やったらね、松さんいう名前で、橘の子ぉですわ。なんや、普通に子供と遊ぶんが好きらしゅうて。あんまりええもんやないらしけど。

男の子やったら、結構えらいことで、ほんでもほれは引っ越したらええだけのことです。

何の話かて？　ほやから、あん家に出る……出る言うたら失礼かね。霊穴に溜まっとる……そういうもんの話です。ほうよ、男の子でも女の子でもどっちでもない場合、それはえらいことなんていうもんではないんよ。

それが出たら、引っ越してもケガレてしまってるから。ほて、斉清さん呼んで、どしたらええか聞いて。斉清さんは、あんたらが死んだらええ言うて怒ってました。優しい人やったから……でも、私らが死んでどうなることでもないと分かっとったからね。斉清さんも、私らも。

ほて、あれやったわけです。あんたに分かりやすく言うと「お祓い」や。

■■■を式喰い様以外が見るのはいかんから、茉莉ちゃんと舞花さんに目隠ししてね。ああ、私も直接見たわけではないです。ただ、前に「お祓い」自体は見たことあるもんで。■■■をまあるく囲んで、お願いするんよ。帰ってくださいて。……当たり前やないの、相手は■■■よ。祓うなんていうのは無理よ。ほやから本当は「お祓い」ではないわ。あんたに分かりやすいと思っただけや。

ええ、ええ、結果は知ってますよね。あの通りです。斉清さんはもう、動かれん。手も足も持っていかれてしまいましたから。段々話せるようにはなったみたいやけど……前みたいに仕事するんは、当然無理やし。あの姿……よう言えんけど、あんなぁは、虫と同じじゃ。物部さんからは、もう二度と橋には関わらん言われました。当たり前よね。舞花さんの葬式は、舞花さんのお母さんいう人にお願いして。ええ、お金はこっちで出しました。勿論です。全部。ほんなのは当たり前です。

……茉莉ちゃんのことですね。斉清さんがあんなふうになってすぐ、茉莉ちゃんをどうにかして戻さんといかんと、津守さんに電話しました。津守さんは、電話に出てすぐ、嫌な感じがしますね、いま大変なことになっとるんやないですか、はよう電話切って欲しいです、言うわけです。ほやけどこっちも必死ですから、斉清さんがいかんようになってしまいましたけん、子供さんだけでも戻すんは無理ですか言うたら、斉清さんってあの斉清さんですか、言うて。やっぱり、斉清さんいうんは、一目置かれとった人やったらしくて、斉清さんに無理やったらうちも無理や、言うんです。そこをなんとかとお願いしたら、ええからはよ電話切ってください言われて。なんでですかって聞いたら、「もうこれ聞かれてるから来る来る来る」言われまして。「なんとかこっちでもやってみるけど分かりましたから頼んます、もう切ってくださいて来る」て。……ええ、お察しの通りですわ。津守さんもそのあと左腕を取られたいうことで。なんや間に合わせのゴブ（護符？）送ってくれたんやけど、ほんなの効くわけないいんは皆分かっとりますけん。

茉莉ちゃん。どうにか……無理よね。分かってはいるんよ。

なんで茉莉の体がないいんですか、て舞花さんのお母さんに散々言われました。そら、包み隠さず言いたいよ。ほんでも、信じてもらえるわけないが。あんたらみたいな××××（略。差別用語）でもない限り、信じるわけがない。これやって、山岸のドグサレ（※参照）がベラベラあんたに話したからやろ。本当は、あんたなんかに……。

（このあとしばらく富士男に罵倒される）

ほうね、救いがある、とすれば、舞花さんの体だけでも戻ってきたいうことやろか。本当にそれは救いよね。眠ってるみたいやった。亡くなったっちゅうご主人が守ってくれたんやないかと私は思ってます。ほんでも、茉莉ちゃんは……（富士男は何か話しているが聞き取れないほど小声）。

ほやけどあんた、■■■を知って、大丈夫やと思っとるん？　自分だけは大丈夫やと。

■■■はいつもこっちを見ていますよ。ええ、あんたのことも見ています。

※酒井宏樹「橘家における埋葬について①」、■■■、20■■、p13

これは、「語」にて引用した記事の記者、酒井宏樹氏から、なんと直接私宛に送られてきたものである。

なんとも無造作に茶封筒に突っ込んであり、藁半紙にかすれて印刷されているため、最初は怪文書の類かと思い、危うく捨ててしまうところだった（こういう仕事をしていると、たまに怪文書としか呼べない代物をいただくこともあるのだ）。

かなり不気味だったが、自宅ではなく病院宛だったので少しはマシか。

この橘家の怪異の全容が知りたいがために、私は色々なツテを頼って聞いて回った。特にオカルトに詳しくその手の雑誌の連載まで持っている斎藤晴彦氏からは、有力な情報が得られると踏んでいた。彼の専門は民俗学である。

彼に橘家の話を聞くと、すぐに「それは四国の憑き物筋の家系だ」と回答があった。

蛇蠱というものがある。皆さんは蠱毒を知っているだろうか。壺の中に様々な毒虫、マムシだとか、サソリだとか、毒蜘蛛や毒蛾、そういったものを詰め込み、しばらく放置するとやがて共食いを始める。こうして残った一匹は凄まじい毒物であり、呪いの道具になり得る……といった感じのものだ。蛇蠱はその蛇バージョンというわけだ。古くは中国にルーツがある。曰く、

『滎陽郡に廖という一家があって、代々一種の蠱術を行って財産を作りあげた。ある時その家に嫁を貰ったが、蠱術のことを云えば恐れ嫌うであろうと思って、その秘密を洩らさなかった。そのうちに、家内の者はみな外出して、嫁ひとりが留守番をしている日があった。

　家の隅に一つの大きい瓶が据えてあるのを、嫁は不圖見つけて、こころみにその蓋をあけて覗くと、内には大蛇が蟠まっていたので、なんにも知らない嫁はおどろいて、あわてて熱湯をそそぎ込んで殺してしまった。家内の者が帰ってから、嫁はそれを報告すると、いづれも顔の色を變えて驚き憂いた。

　それから暫くのうちに、この一家は疫病に罹って殆ど死絶えた。』

（岡本綺堂 訳編『支那怪奇小説集』サイレン社　昭和10年〈1935年〉）

ライターである村上健司氏によると、どういうわけかこの「蛇蠱」は日本の四国地方

に流れてくる。あるとき海岸に長持(ながもち)（近世日本で使われていた衣類や寝具を収納するための木箱）が流れ着いたのを、一人の男が見付けた。男は村に長持を持ち帰った。協議の結果、村人たちで平等に分配することになった。さて中身を見てみよう、と長持を開くと、中から無数の蛇が這い出てきた。蛇たちは止める間もなく各々の家に入り込んだ。その入り込まれた家が、「蛇蠱の家系」になった、と言われている。

斎藤氏はこれが橘家のルーツではないか、と話した。

さて、読み解いてみると、「語」に出てきた、佐野道治が雅臣に見せられた大きな壺というのは蛇蠱の壺ではないかと思われるし、橘にまつわる人間の話す様々なことは、蛇を連想させる。

橘家の人間が昔から特定の地域で権力を持っていたのも、憑き物筋であるからと考えれば、当然のことのように思える。

そして「見」と題名をつけさせていただいた、鈴木舞花に関する酒井宏樹氏のレポート、あるいは創作についてだが、これはおそらく斎藤氏から連絡が行ったため、酒井氏が直接私に送って来てくださったのだろう。

鈴木舞花の一人称で進んでいく創作小説。創作であろうと思われるのは、酒井宏樹氏のテープ起こしの時点で既に鈴木舞花が亡くなっているからである。出来の悪い怪談話によくある、作中で語り手が死んでいるのに後日何者かがそれを記している、という矛盾だ。

それに、不気味な土着信仰を持つ一族が、恐ろしい目に遭い、霊媒師を呼んでお祓いを頼むが失敗する、という展開はいかにも「虚」だ。

一時期「三津田信三が別名義で書いたものではないか?」とネットで噂された「忌録」という作品にも同じような件（くだり）がある。三津田作品ほど細部に亘った緻密な考証が光るホラーではないが、大変面白く読ませていただいた。要は、現代ホラー創作において、これは「流行り」の展開なのだ。しかし一枚めくって次のページが「ず」で埋め尽くされているのには、古典的な手法ながら肝を冷やした。当直中に読んでしまった人間の気持ちも考えて欲しい。

恐らく橘家の分家の当主である岩室富士男の語りは、非常に興味深かった。なにせ「読」に出てきた松、「語」に出てきたドミニク氏が登場するのだ。旧知の友人にでも会ったかのようにはしゃいでしまった。

鈴木母娘（おやこ）が住んでしまった家は、岩室富士男が言う通り霊穴のある場所に建っており、家は様々なものを封じる社(やしろ)のような役割も果たしていた。人が住まないと機能しないのであるから、恐らくは苦心して住人を探していたのだろう。どの住人にも怪奇現象が降りかかるため、買い手を探すのは困難を極めたはずだ。果てはホラーマニアの中で知られた場所となっていく。

ここでドミニク氏が出てくる。有名なホラーコレクターであるドミニク氏のブログに惹かれてこの地を訪れ、ついにこの曰(いわ)く付きの家に住むに至ったスミスという青年。しかし彼は失踪することになる。調べたところ、数ヶ月前に彼の妹と思わしき人物がSNSを使い、拙(つたな)い日本語で捜索を呼びかけているのを見付けた。実はスミス青年の足取りを探すために私はネットを巡回していたのだが、途中であることに気付いた。ドミニク氏のブログには「松山」のページがなかったのだ。彼はブログをほぼ毎週更新しており、日本滞在時の記録が他は全て残っているのに、松山に行ってからの記録だけがさっぱり残っていない。だとすればスミス青年は何を見て、どうやってあの場所にたどり着いたのか。色々な想像をして恐ろしくなり、一旦は調べるのをやめたほどだ。

鈴木舞花視点の物語で途中に挟まれる「ひとみごくう」の話も気になる。

この「生贄(いけにえ)（人柱(ひとばしら)）はその後どうなったのか」という点にフォーカスした論考は六車(むぐるま)

由実(ゆみ)氏の著書『神、人を喰う』で読んだことがある。生贄として捧げられた人間は実際どうなったのか、というのがあの本の主題だった。アカデミックな民俗学の書籍であるため、オカルト的帰結はしていなかったが。

Tさん、つまり橘家は、蛇の憑き物筋だ。山岸老人の語りから、怪異がその蛇に関係しているのとは別に、人柱を立てていた過去があるためにその人柱たちの恨みを買っている、だから怪異の原因は人の怨念にあるという推測も立てられる。

そして、その家に子供を住まわせてはいけないというルール。

鈴木茉莉に「みぃちゃん」が見えたように、ここに住む子供は、なんらかの得体の知れないものが見えてしまい、取り憑かれてしまうのかもしれない。その得体の知れないものが、女の子なら松、というのがまた面白い。松は結局、職業婦人になることは叶わず、本人も橘家の怪異に取り込まれてしまったということなのだろうか。

女の子なら松、男の子の場合は明記されていないが、そのどちらでもない場合というのは一体なんなのだろう。「みぃちゃん」という渾名(あだな)、蛇蠱の家系……そこから連想すると、どうしても「巳(み)ぃちゃん」なのではないか、つまり蛇の形を取っているのではないかと想像してしまうが、蛇というのはあの姿だ、子供が好むとは思えない。それに、蛇が隠れんぼなどするだろうか。

しかし、怪異の正体が蛇だとすると、たびたび出てくるあの音、さらに例の「ず」も、蛇が床を這う音に違いないと思える。

よく分からないのが■■■だ。前回までに出てきた「■■■■■んよね」の謎も解明されていないが、新たに分からない言葉が出てきてしまった。酒井氏の送りつけてきた原稿では■■■は伏せ字ではないのだが、そこは雰囲気を出すために敢えて伏せ字にした――というのは半分冗談で、一見何の意味も持たないひらがな三文字で、ネットで検索しても何も出てこなかったのだ。なので意味が分かるまでは伏せ字にしておきたいと思う。恐らく斎藤氏に聞けば、何らかの手がかりは得られることだろう。彼に原稿を見せるのが楽しみだ。

と、私は創作に過ぎないこの一連のストーリーを、実際にあったことだと信じ始めていることに気付いた。

誰かが「嘘をつくなら少し本当のことを混ぜるとバレないよ」と言っていたが――創作の怪談話に、実在の人物、実際の事件、実際にある地名などを織り交ぜられ、私はまんまとその手法に嵌(はま)ってしまったというわけだ。

しかし、読者の皆さんは、怪談話を読むときに「これは本当にあった話なのだ」と信じて読むのと、「どうせ創作だろ」と馬鹿にした気持ちで読むのでは、どちらが楽しめるだろうか？

私の意見では前者だと思う。


ふいにＰＨＳが鳴った。私は短く舌打ちをする。せっかくの祝日で、今日はゆっくりと創作の世界に浸っていたかったのだが、仕方ない。私は今日、日当直なのだ。土日祝日など、本来は病院の営業日ではない日の昼間に患者の対応をすることをそう言う。とても面倒だが、出なくてはいけない。

「もしもし」

「先生、エビハラさんが来ています」

この声は恐らく、受付の金森(かねもり)さんだ。金森さんは、「図書館少女」という感じの、眼鏡をかけ、長い黒髪を一つにまとめている、おっとりとした雰囲気の若い女性なのだが、見た目通り仕事ぶりもおっとりしているのだ。やって欲しいと伝えたことは端から忘れてしまうし、独断で他科の先生に連絡をしなかったり、患者さんに適当な説明をして家に帰してしまったりする。

さっぱりとした性格で、この仕事には珍しく他人を悪く言ったりすることのない中山さんも、彼女には常に怒り心頭で、しばしば大声で叱りつけているのを目撃する。しかし彼女は「はあ」とか「へえ」とか気のない返事をするだけで、全く改善する気がない。そういうわけで金森さんとはなるべく一緒に仕事をしたくない。今だってそうだ。

「金森さん。何度も言うけど、患者さんの名前はフルネームでお願いしますよ。それに、きちんとどういうことでいらっしゃったのか言ってくれないと困ります」

ブツッと音がして、何も聞こえなくなった。

あきれてものが言えないとはこのことだ。金森さんは言うだけ言って電話を切ってしまったのだ。

このクソ女、と悪態をついても始まらない。私はささっとジャケットを羽織って家を出た。

祝日の病院には、当たり前だが殆ど誰もいない。静まり返ったエントランスを通って、廊下の向こう、診察室を目指す。予想通り金森さんはいなかった。こうして勝手にどこかへ行ってしまうこともよくある。本当に、何故クビにならないのか不思議議だ。

私はため息を吐きながらパソコンを立ち上げ、電子カルテを開く。まったく無責任な人に、何の情報もなく患者を診させられても、ある程度は状況が把握できるのが電子カルテの良いところだ。

しかし、どのエビハラさんだろうか。検索窓に海老原、と打ってから考える。しまった。フルネームも分からないのだから、性別も分からないではないか。

こうなると、嫌でも金森さんのＰＨＳにかけるしかない。十中八九エビハラさんはレントゲン室にいる（私は整形外科の当直医だ）のだろうが、私が迎えに行って入れ違いになったらまずい。金森さんが予想を超える馬鹿者で、患者さんを放置している可能性まである。

苛立ちながら彼女の番号を押す。

「へびですよ」

突然後ろから声を掛けられる。張りがないのに何故か刺々しさを感じる声色で、全身に悪寒が走る。か細い女性の声。

「へびです」

もう一度言われて、思い至る。

恐らく、彼女がエビハラさんだ。エビハラではなくへ、ビハラさん、だということなのだろう。

また金森さんだ。金森さんは馬鹿者どころか大馬鹿者だ。名前を間違って伝えたのもそうだが、患者さんを完全に放置してどこかへ行ったのだ。可哀想に、ヘビハラさんは自分でここまで来るしかなかったのだろう。私は、先程ヘビハラさんの声を不快に感じてしまったことを恥じた。調子が悪いときに、病院でこんな対応をされたら、誰だって刺々しい態度になるだろう。

対応の悪さを謝罪しようと振り返って、ヒュッと喉が鳴った。

思わず叫びそうになるが、必死に頬を噛んで堪える。

「へびですから」

うつろな目でそう繰り返す彼女の顔の中心には、鼻がない。

顔全体に隆起があり、左目はほとんど潰れている。上唇（じょうしん）も一部欠損していて、歯が抜け落ちている。

今や教科書でしか見ることのないような、末期の梅毒患者が目の前に立っていた。

今日はどうされましたか。

ルーティーンのように出てくる言葉が今は出てこなかった。何を言おうとしても、今口を開けたら悲鳴になってしまいそうだった。

「治して下さらないの」

彼女は私の目の前に腰かけた。

「ねえ、ここ、骨の病院でしょう」

「か、感染症外来にっ」

やっとのことで絞り出した声は情けないほど震えている。患者を労る言葉など出てこなかった。

彼女は笑っている。笑顔を作っているかどうかは分からなかったが、くすくすと声を漏らしていた。

「何をしても悪い方へ行ってしまうことってありませんか？　始めなければ良かったと思うのに、始める前には絶対に戻れないんよ、何をしても無駄なんよ」

「それは、一体、どういうことで……」

私がつっかえながら言葉を繋ぐと、彼女は顔を息がかかるような距離に近付けてくる。

「ねえ、骨が疼(うず)いて疼いて仕方ないんよ」

「それではっ、ご案内しますのでっ」

私が逃げるように席を立とうとすると、彼女の細い指が手首に食い込んだ。

「あなたもこうなる」

彼女は、大きく、口を開けて、こちらに迫ってくる。

私は目を固く瞑(つむ)った。


しばらく待ってみても、何の音もしない。それどころか、先程まで確かにあった気配すらも。

恐る恐る薄目を開けてみても、診察室のクリーム色の壁紙が見えるだけだ。

「先生」

「わあ！」

大きな声が出た。私は恥ずかしいことに椅子から転げ落ちてしまった。

赤いフレームの眼鏡が私を覗き込んでいる。金森さんだ。

「どうしたんですかあ」

「どうしたんですかやない！」

私は恐怖と恥ずかしさをかき消すために、半ば八つ当たりのような形で金森さんを怒鳴りつける。

「あなたは本当に言葉が足りない！　そもそも、あんな重症の方なら呼びつけるのは私じゃないだろう！」

「はあ？」

腹立たしいことに、金森さんは、私のことを頭のおかしい人間でも見るような目で見ながら、毛先をくるくると弄んでいる。

一旦深呼吸して気持ちを落ち着かせる。ここで彼女を怒鳴り散らしても、エネルギーを無駄に消費するだけだ。

「で、ヘビハラさんは」

「ヘビハラ？」

「自分の対応した患者の名前も覚えてへんのかお前」

わざと怒らせようとしているとしか思えないオウム返しに、私はとうとう標準語を使うことを放棄してしまう。

「なに急にキレてるんですか？　こわ。私、今日誰も対応してないですし、先生のことも呼んでないですよ」

「いや、呼んだやないか。ほら」

ＰＨＳの着信履歴を見せようとしてボタンを押す。しかし、

「ない……」

どんなに探しても、着信履歴がなく、今日はどこからも電話がかかってこなかったことになっている。

金森さんは目を白黒させる私を見て、馬鹿にしたように笑った。

「誤解が解けたみたいでよかったでーす。私、なんか変な音がしたから見に来ただけなんで。先生が怒るの初めて見たかも。私、男の人の関西弁ってけっこう好きー」

診察室を出て行く後ろ姿に「俺はお前がけっこう嫌いだよ」という言葉を投げつけそうになるが、思いとどまる。どうあれ病院からの着信は私の勘違いだ。機械は嘘を吐かない。勘違いから怒鳴りつけてしまったのだから、むしろ私が金森さんに謝罪すべきだった。

まだ心臓がどくどくと鳴っている。深呼吸を繰り返し、平常心に戻ろうと努力する。

私はきっと白昼夢でも見たのだろう。そうとしか考えられない。

確かに私は連日、睡眠不足だった。仕事に加えて、このような書き物をしているせいだ。睡眠時間を削って平気でいられるほど若くはない、ということなのだろう。

そのような状態でいたから、自らが書いたものに影響され、不気味な夢を見てしまったというわけだ。不気味、というのは大変失礼だ、と思い直す。夢の中とはいえ、私は自分の行動にかなり失望していた。どんな状態であれ、病気の方の見た目を「不気味」と思ってしまうなんて。

思い切り机に突っ伏してから、起き上がる。真面目なドクターならここで何か勉強してから帰るのかもしれないが、今日は何もできそうになかった。甘いものでも買って帰ろう、そう思ってパソコンを閉じようとモニターに目を向ける。

あなたもこうなる

再び悲鳴をかみ殺す。

検索窓に打ち込んであったのだ。

やはりこれも、私が無意識のうちに打ち込んだのだろう。

私はこうして、なんとも嫌な気持ちで家にとんぼ返りする羽目になったわけだが、皆さんの中に怪談を収集したり、それを書き留めたりして楽しんでいる人がいたらぜひ気を付けて欲しい。

怪奇現象が起きる、などと言うつもりはない。

あまりのめり込み過ぎると、こういう思ってもみないミスをして、時間を浪費してしまうからだ。尤(もっと)もそれは怪談に限ったことではないのかもしれないが。

編

医師

数ヶ月が経った。

斎藤氏は期待通り、何か情報を持っているようだった。しかし彼の学者・研究者という本質がそうさせるのか、記憶の中の不確定な情報を流すというようなことはしない。何が火をつけてしまったのか分からないが、数点の情報を私に提示した後「きちんと調べてみる」という連絡をくれたのだが、以降催促しても返答は芳しくない。

私の方も同様に、あれ以上の情報を集められていなかった。業務中に突如、巨漢の患者が暴れ出し、私は無惨にもボロ雑巾のようにされた。胸腰椎椎体骨折。所謂のしかかりによる圧迫骨折だ。ふつうは骨粗鬆症の女性や要介護の高齢者によく起こるものなので、まさか我が身に起こるとは思わなかった。歩けないのは勿論、寝起き、呼吸さえも困難で、しばらく入院ののちリハビリをする羽目になった。

さらにトドメを刺したのが大腸憩室炎である。ようやくなんとか歩けるようになったと思ったら、なんとなく下腹部と大腿の付け根が痛む。恐らく骨折のせいだろうと思っていたが、尿が汚濁《おだく》している。検査を受けたところ……というわけだ。再び入院生活に逆戻りということに相成った。

仕方がないので、斎藤氏から貰ったいくつかの情報を、自分なりの解釈を交えて紹介しようと思う。

「ゼッタイ呪われてるよ先生」

看護師の中山さんがそう言った。

「いや、呪いというのは大げさでは？　病気やケガを呪いのせいにしていたらこんな仕事出来ませんよ」

「先生、私真面目に言ってるんですよ」

中山さんの少し隆起した特徴的な額に、深くしわが刻まれている。

「先生と違って私こういうのに対する態度は慎重な方です。調べ過ぎたらダメな怪異って本当にあると思う。忘れたんですか？　水谷《みずたに》のこと」

水谷というのは、以前ポリクリ（臨床実習）に来ていた学生で、私たちと同じく怪異譚《かいいたん》が好きだった。水谷は私たちのように「話だけ楽しむ」におさまらず、異界探訪などと称して民俗学のフィールドワークのようなことまでする男だった。学業に差しさわりのない範囲で楽しめよ、とアドバイスをしたが、成績は常に上位十名に入っていたのだからそれ以上何も言えない。そんな彼は「ひとくろづか」という場所——なんでもその昔、隠れキリシタンが処刑された土地らしい——に惹きつけられ、熱心に調べていた。

六年生のゴールデンウィークに（私の学生時代を思い返してみると医学部最終学年のゴールデンウィークは国家試験対策と病院実習でとても旅行をするような気分にはなれなかったが、水谷は優秀なので余裕だったのだろう）、とうとう「ひとくろづか」を訪問することにした、という報告を受けた。それを最後に、水谷は姿を消した。

彼は父親とあまりうまくいっていなかったようで、周りはそのせいではないかと噂したが、私と中山さんだけは同じことを考えたらしい。祟りだ、神隠しだ、と。

「いや、でも、水谷の場合はキリシタン処刑とか、明確にヤバそうな感じだったわけだし、それに水谷だって、祟りが原因だと決まったわけじゃ」

私がそう言うと、中山さんはキッとこちらを睨みつけて、

「もういい。そんなに調べたいなら勝手にすればいい。でも、私にその話を振らないで。二度と。聞きたくない。私は関わりたくない」

バチン、と大きな音がして振り返る。

床に骨粗鬆症治療薬のマスコットキャラ、ボナリンちゃんが転がっていた。

ボナリンちゃんの左腕がもげている。

「ほらね」

中山さんは低い声で言って踵を返した。

ものが落下しただけじゃないか、と抗議しようとして、ボナリンちゃんがソフビ人形であることを思い出す。

その夜、私は自分のパソコンにまとめた伝説とそれにまつわる考察について、読み直した。

片目の魚

■■池には蛇の枕と呼ばれる大岩がある。大蛇（だいじゃ）がこの大岩を枕にして、色変りの松に尾を巻きつけて寝そべっていた。

この大蛇が時折暴れ、近隣の村を襲うので、ある日、領主がこの大蛇を退治しようと、弓の名人、何某（なにがし）を召して弓を射させた。

何某は十三本の矢を放って、大蛇の左の目を射て退治してしまった。しかし大蛇のたたりで、それからというもの■■池の魚はすべて左目がない、片目になったという。

二

こうした伝説は全国にあって、枚挙（まいきょ）に遑（いとま）がない。

最も有名なエピソードは、宮崎県の都萬（つま）神社（じんじゃ）であろうか。この神社では木花開耶姫（このはなさくやひめ）の命の玉の紐が落ち、フナの目を貫き、片目になったという。

片目魚の起源について、柳田国男は「信仰上の理由から意図的に片目を潰したもの」と解釈したが、その伝承が池に結びつく事が多い点や、大川に移ると元通りに治る伝承がある事などから、「窒素ガスを多量に含んだ池水に棲息する魚が、ガス病で目が気泡状になったものを片目に捉えてしまった」とする説が、末広恭雄の「片目魚」（『魚と伝説』新潮社　1964年）において主張されている。

いずれにせよ神域の者、神に捧げるもの、そういったもののイコンとして「隻眼の魚」がある。

そして注目すべきは、その欠損した目はかならず左、ということである。

姉妹蛇

昔、■■城下に■■屋という豪商があったが、そこの主人は非常に強欲な男で、大小軽重の二枡二秤を使って人々を欺き、暴利をせしめていた。

その男には娘が二人いた。姉妹は城下でも指折りの器量よしだが、生まれつき片腕に鱗のような痣があった。水浴びを好み、毎晩川に通い、また、家の者が止めても卵を飲むのをやめなかった。姉妹は父の強欲の報いで蛇の化身に生まれていたのだ。

姉妹の身体は徐々に蛇そのものに近くなり、ついに両親は、姉妹にそれぞれ下男をつけ、家を出した。

姉妹は、■■の町にたどりつき、町の宿屋に一夜の宿を求め、その夜主人をよんで「わたくしどもの寝姿は、たとえどんなことがございましょうともごらんくださいますな」と、のぞき見することをかたく禁じた。

宿屋の主人は美しい姉妹の姿を見て、我慢できずに禁を破った。ひそかにその寝室をのぞくと、二匹の大蛇が寝ていた。たまらず大声を出し、とびすさる主人に向かって、姉が「この家は今後けっして栄えることはございますまい」と言い残し、そのまま下男を連れて闇に消えた。そのとおり、その後、家が栄えることはなかった。

姉は讃岐の池に至り、水に入った。妹は■■淵へ行ったが、下男に「ここは左巻きの渦ではないので入れない」と拒み、しかしとうとう観念して姿を変え、水に入った。

やがて当時の小唄に「姉はお池　妹お淵　あわれ　■■の蛇様」とうたわれたという。

さてこの話だが、「入水する娘」系の民話の亜型であると思う。

入水する娘系統の話で有名なのは「清姫」であろうか。美貌の僧安珍に一目ぼれをした清姫は女だてらに夜這いをかけるが断られ、さらには「修行が終わったらきっとあなたの元へ帰る」などと安珍に言われて騙されてしまう。騙されたと知った清姫は僧を追いかけるが、あなたのことなど知らないと嘘を重ねられ、清姫は怒髪天を衝き大蛇となり、彼を殺そうとする。安珍はなんとか寺に逃げ込み鐘に身を隠すが、蛇身となった清姫の吹く炎に巻かれ、蒸し焼きにされてしまう。彼を殺したあと、清姫も入水する——

というようないささか理不尽な話である。

このよく知られている清姫伝説は、平安から現代まで様々に変化したものであり、清姫伝説のプロトタイプは「神との婚姻」の話である。

そもそも古代の水辺には、洋の東西を問わず、何か神がかり的な存在の女がいる、という話が多い。彼女たちは実体のない神と結ばれるために、入水するのである。神と結ばれる、いわば巫女（みこ）のような存在の女が「入水する娘」である。

その中で、この話は姉妹であるというところが面白い。

また、「親の因果（いんが）が子に報い」という形態の話でもある。

神との婚姻は、字面だけ見れば名誉なことのように思われるが、ありていに言うと「生贄」である。

「姉妹蛇（しまいへび）」は、強欲な父親のせいで真っ先に生贄にされた悲しい姉妹の話だと解釈することができるのだ。

嫁入り

ある男に娘が一人いた。娘は蛇と通じ、大蛇のひいた白糸についていって■■淵に入ってしまった。男が娘を捜して淵へ行くと青畳(あおだたみ)が敷いてあり、娘と大蛇が交じり合っていた。男が帰ってくるよう言ったが、娘は蛇に連れられてここに来たためもう帰ることは出来ないという。蛇は、娘をもらい受ける旨を証文として書いた。そして、この証文を家の前に貼っておけば、日照りの時は雨を降らし、饑饉(ききん)の時は豊作とし、その村を涸(か)れさせることはないと約束した。その年は日照りであったが、蛇の言う通りにすると、小さい蛇が降りてきて、雨が降ってきた。

その後、娘の家は絶えたが、この証文は残っており、神官が保存している。そして今でもこの証文をかかげれば、雨が降る。

しかし、他村の人がかかげても、蛇は出てこず雨も降らない。

これは、糸によってこの世と異界を行き来するという、所謂「釣り針型神話」に分類される。

釣り針型神話で最も有名なのが、古事記の「海幸彦・山幸彦」であろうか。

山の猟が得意な山幸彦（弟）と、海の漁が得意な海幸彦（兄）の話である。

皆さんのよく知る「浦島太郎」のプロトタイプであり、山幸彦が浦島太郎にあたる。

竜宮城へ行く発端になるいじめられていた亀というのはおらず、山幸彦は意地の悪い兄に、彼の釣り針を失くしたことを責め立てられ、釣り針を探して海に入る。釣り針の在処を教えてくれたのが、亀に姿を変えた塩椎神（潮流を司る神）である。

また、「浦島太郎」の乙姫とは海神の娘・豊玉姫のことだ。

竜宮城（綿津見神宮）で山幸彦と暮らした三年で、豊玉姫は彼の子を懐妊していた。子を海の中で産むわけにはいかないと、陸に上がり、浜辺に産屋を作ろうとしたが、作り終える前に産気づいた。豊玉姫は、「本来の姿で出産しようと思うので、絶対に中を見ないように」と言う。

しかし、山幸彦は産屋の中を覗いてしまう。そこに、彼女が姿を変えた八尋和邇が腹を床につけて蛇のごとくうねっているのを見て、恐れて逃げ出した。

豊玉姫は覗かれたことを恥じて、生まれた子を置いて海に帰ってしまう。

しかしその後、覗かれたことを恨みながらも、御子を養育するために、妹の玉依姫を遣わし、託した歌を差し上げ、互いに歌を詠み交わした。

ちなみに和邇とは、クロコダイルのワニではなく、大蛇であるとか、鮫であるとか、大ウナギであるとか諸説ある。

前述の「姉妹蛇」との類似点も多い。

海幸彦・山幸彦における水辺の女は豊玉姫で、姉妹蛇と同じく、テーマは神との婚姻だ。

蛇への嫁入り話は、この地域に多く見受けられ、このように歪なハッピーエンドを迎えるもの、蛇を騙して娘を奪還するもの、もっと悲劇的な末路のものなど、バリエーション豊かだ。

敢えてこれを紹介したのは、この話が、神との婚姻すなわち生贄であるという説の裏付けに最も役立ちそうだからだ。

日照りや飢饉の続く村で生贄を捧げた結果、雨が降り、土地が肥える。

これは、そういったシンプルな話を信仰などによって変化させたものなのだろう。

祀る

昔、伊予の川に、正直で働き者の漁師がいた。ある日漁師は、川辺で子供たちが小さな白蛇をいじめている所にいきあい、それを助けて家に連れ帰った。するとこの白蛇が口をきいて、「我によく食べさせれば、我が太るにつれておまえも村一番の金持ちになる」と言う。漁師はその白蛇を大切にして、自分は飢えても白蛇には食べ物を与えた。

白蛇が大きくなったある日、漁師はたくさんの小判を掘り当てて、白蛇の言ったとおりに長者となった。しかし、年月が過ぎ、長者の代がかわり、欲深のものが当主になった。当主は白蛇に食べさせるのを惜しんで、大変粗末に扱った。するとある夜、白蛇は白い龍となり、天高く舞い上がり姿を消してしまった。長者の家は、またもとの貧しい漁師になった。

後に村人はこの白龍を祀る社を建て、八王子さんとか七人童さんとか呼んでいる。

この話で興味深いのは、「八王子」「七人童」という言葉である。怪談などに詳しい読者は「七人ミサキ」という怪異をご存知かもしれない。牧歌的なところの多い日本の怪談において随一の凶悪性をみせる怪異だ。この言葉はどうしてもそれを連想させる。

ご存知ない読者のために七人ミサキの話をいくつか紹介しよう。

❶吉良親実とその家臣が七人ミサキであるという話

高知市山ノ端町にある若一王子宮の境内に、吉良神社はある。祭神は吉良親実である。

親実は、土佐の戦国大名・長宗我部元親の甥にあたり、義理の息子でもある有力一門衆であった。しかし元親の長男・信親討死後、本来であれば三男の津野親忠が順当に世継ぎとなるところを、元親の意によって四男の盛親を世継ぎとし、その上、長男・信親の娘を娶らせるということになった。叔父と姪の婚姻など、不倫の甚だしきことであったため、心あるものは誰もが眉を顰めたが、元親の不興を買うのを恐れ、意見する家臣はいなかった。唯一諫言をおこない、自害を命ぜられたのが、吉良左京進親実その人である。その自害した場所は、親実の屋敷であった。

現在、吉良神社の祠の前には、自害した親実の首級を洗った手水鉢が残されている。そして恨みを持って死んだ親実と、その後を追い殉死した七名の家臣、永吉飛騨守、宗安寺信西、勝賀野次郎兵衛、吉良彦太夫、城内大守坊、日和田与三衛門、小島甚四郎は祟り神となって長宗我部家に災いしたとされる。

高知では、今なおその伝説は〝七人みさき〟として知られており、大きな事故が起こると「七人みさき様の祟り」とまことしやかに噂されるという。

❷事故の犠牲者が七人ミサキであるという話

中国・四国地方では、土地の神をミサキと呼び、同じように、死者の魂をもミサキと表現する。中でも海難事故の犠牲者の霊を主にミサキと呼び、ミサキに出会って災いに遭うのを「イキアイ」といい、大いに恐れた。ミサキは祟り神で、「ミサキが食い付く」などと表現する人もいる。祀られることのない「迷い仏」とも言われていた。

高知や福岡では、ミサキは船幽霊の一種とも考えられ、海で死んだ者の霊がミサキに変化するとした。漁船に取り憑かれると、船がまったく動かなくなる。この現象も、ミサキと呼び、飯を炊いた後の灰を、船から海へ捨てると、ミサキが離れるという。忌むべき場所もまた、ミサキと呼んでいる。川や崖などの事故の多い場所をミサキと呼ぶこともある。

山口においてミサキは、海で死んだ偉い人の魂が浮遊しているもので、人に憑くという。ミサキに憑かれると体のあちこちが腫れ、最後には命を落とす。

また、どの地域にも、七人一組で行動している犠牲者の魂があるとされ、「七人ミサキ」と呼ぶ。七人ミサキに「イキア」うと不幸が起こるとか、七人のうち一人が抜けると、「イキア」った人間が代わりに補充され、また七人になるとか言われている。

❸ミサキは蛇神であるという話

ミサキは「御先」と書き、神のお使いの動物もまた、ミサキと呼ぶ。

岡山に、「トウビョウ」というヘビにまつわる民間信仰がある。トウビョウの森から谷を隔てた南の尾根に、「七人ミサキの森」と呼ばれる場所がある。近隣では三十年に一度、ミサキが憑いて死ぬ者が出ると言われていた。七人ミサキが憑いたら、祓い落とす方法はなく、鎮める方法もない。

茅刈のミサキ様はヘビを祀ったものと言われる。雨が降らないときには「センバタキ」という名の儀式が行われる。

ヘビは、水神（すいじん）の「ミサキ」であると言われている。苫田（とまた）では、ヘビを祀り雨乞い（あまごい）をすることもあった。さらに旧家には白蛇の伝説が伝わる家が多かった。トウビョウの正体が白蛇と言われる場合もあった。

この三つの話はどれもこれも微妙にリンクしているが、正直まとまりがない。

地域が近いゆえの類似、そしてこのなんとなく気持ち悪い違和感のある差異。

一つだけ分かるのは、蛇と神域が根強く結びついているということである。

かの土地

■■川の集落に信心の厚い娘がいた。娘は先の洪水で親を亡くし、親類の厄介（やっかい）になっていた。

娘はこまごまとよく働き、家の者の言うことをよく聞いた。しかし、ふと目を離すと■■川の岸に立ち、じっと濁流を眺めている。

あまりに何度も続くので、家の者も心配し「危ないからもうおやめ」「そんなに見ていても両親は帰ってこない」と説得するが、「私は祈っているのです」と言うばかりで話にならない。説得があってからは、娘は白い貝などを携え、人目も憚らず熱心に川に通うようになってしまった。

ほとほと困り果てた家の者が、しきくいにどうしたらいいかと尋ねると、娘は■■■に取られてしまったので、どうにもできないと言う。

しかし納得できなかった家の者はしきくいに頼み込んで、娘の様子を見に行ってもらった。

しきくいがこっそりと娘のあとをつけると、娘は早足で■■川の方向に駆けていく。しきくいは必死に追いかけたが、とうとう見失ってしまった。

しきくいは家の者に知らせ、十余名で娘を探し回ると、下男の一人が娘の草履の片方を見つけた。そこから足跡を辿（たど）ると、集落を一望できる崖に着いた。崖下には■■川が流れ、そこから女の笑う声が聞こえる。

声のする方をのぞき込むと、その娘がいた。他にも何人か女がいて、皆一様に体に何も着けていない。

しきくいが、何をしているのか、と声をかけると、女たちは一斉にこちらを見上げ、にたりと笑ったあと、ふっと消えた。

一同は慌てふためき、女たちの消えた場所に下りていったが、娘も、他の女も、どこにも見当たらなかった。

その日から、しきくいは目を病み、ついには見えなくなってしまった。

ある夜、家の者の夢に娘が現れ、じっとこちらを見ている。

家の者が声をかけると、娘はにたにたと笑いながら去って行こうとするので、どうにかしきくいの目病みを治してもらえないだろうかと頼み込むと、■■淵に住んでいるから、月桂樹（げっけいじゅ）の冠（かんむり）を持ってくると良い、と言う。■■淵は、まさに女たちが蟠（わだかま）っていた場所であった。

次の日、月桂樹の冠を持ち、しきくいとともに娘の消えた場所に行くと、娘はやはり一糸まとわぬ姿で立っている。

親類の中で最も近い縁の者がおうい、と声をかけると、娘は振り向き、■■■の井戸で目を洗えばそれは治ると告げた。

家の者は娘に帰ってきてほしいと願ったが、娘はにたにたと笑い、やはり「私は祈っているのです」と繰り返した。そして、ふっと消えた。

集落の者たちで■■■の井戸を開き、娘の言ったとおり嫌がるしきくいの目を洗うと、たちまち目が見えるようになった。

家の者は改心して、娘に月桂樹の冠を渡し、■■■に祈るようになったという。

それから娘は帰ってこず、夢に出ることもなかったが、■■川は荒れることなく、娘の家は栄えた。

しかし今でも、ときおり女たちが蟠っていた崖の下から歌が聞こえる。

「舌にかぎかけ　ひとまわり
鼻につなつけ　ふたまわり
顎（あご）にはわだち　みつまわり」

これを聞いた者は、■■■に娘が取られないよう、家に隠したそうだ。

　この話は、今回紹介したものの中で、最も橘家に近い地域のものだ。

　そして■■■は、岩室富士男が語っていた鈴木母娘を襲ったもの――この際明かしてしまおう――「なかし」という謎の存在であるし、しきくいも登場する。

　一見「姉妹蛇」「嫁入り」の類型のように思われる。実際、大まかな分類ならば、これも恐らく「神との婚姻＝生贄」と同種の話であるが、奇妙な点がいくつもある。

　まず最大の違和感は、損得がまるで釣り合っていないということである。原因も結果もはっきりしない。

　例えば「姉妹蛇」では「父親の強欲の報いで姉妹は蛇になった」＝「人柱として捧げられたのが嫌われ者の家の娘だった」という等式が成立する。

「嫁入り」では旱魃の村を救うため、娘が差し出され雨が降る。

　しかし、この話では、そういった善悪や因果関係がすべてめちゃくちゃなのである。

現代人の感覚では理解しがたいという問題でもない。

まず、「信心の厚い娘」とあるように、娘は濁流を見つめながら祈っているが、唐突で、一体何を祈っているのか分からない。娘の家族はその水によって死に至ったわけだから、本来ならば視界にすら入れたくないはずだ。家の者が止めるのも納得できる。

最も奇妙なのは、豹変した娘を前に、「改心」して「祈るようになった」という部分だ。

話の流れからして、しきくいの目が見えなくなったのはほぼ間違いなく「なかし」のせいであるというのに、娘の言葉（恐らくは神託のようなものであろう）によって治ったからといって、調伏（ちょうぶく）しようとしていた「なかし」を有難がり、娘を諦め、あまつさえ祈るなどというのは奇妙だ。それは「なかし」のマッチポンプとでもいうべき出来事であって、信仰心の芽生えには決して繋がらない。

そしてやはり、事態が一旦終息したかに見えて、歌が聞こえてきたら娘を取られると恐れている。

「なかし」を魔として扱っているのか、神として扱っているのか、全く分からないのだ。

日本の民話では魔も神も表裏一体な部分はあるが、一つの話の中でこうも扱いがぶれているのは不自然である。

前述したような「入水する娘」型の話として片付けるのが難しい点は他にもあって、他の民話では必ず娘と神が一対一であるというのに、この話では何人もの女が出てくる。この女たちは、今までに生贄に捧げられた者たちであるのだろうが、こういった話は聞いたことがない。他の話では生贄に捧げられた娘はその場で消えるか、あるいは多少なりとも自分がいなくなった後の家の様子を案じるのがお決まりのパターンだが、この娘（たち）ときたら、にたにたと笑っているというのだから心底不気味だ。

さらに月桂樹の冠というモチーフ。月桂樹は地中海沿岸の原産であるため、かなり違和感がある。歴史には詳しくないため正確なことは言えないが、どうもこの話の時代背景にそぐわないように感じる。

そして不気味な歌の「ひとまわり　ふたまわり　みつまわり」であるが、これは前述した清姫（きよひめ）伝説を歌った童謡、「安珍（あんちん）清姫　蛇（じゃ）に化けて　七重（ななよ）に巻かれて　ひとまわり」をどうしても連想させる。

しかし、姉妹蛇や清姫伝説のように、歌はエピソードに関連性がある（実に当たり前だが）はずなのに、この歌はまるでないため、違和感がより増幅される。分かるのは「なかし」には舌と鼻と顎があるんだな、ということくらいである。清姫伝説から連想した「ひとまわり……というのは蛇がとぐろを巻いている様子を示している」という仮説も、あくまで仮説だ。舌と顎は分かるが、蛇の鼻が歌になるほど特徴的なものだとはとても思えない。

そういうわけで、この話は様々な要素が混交しすぎて整合性を失った、考察するに値しないものだと思うのだが、斎藤氏が送ってきたものであり、また橘家の怪異との符合が見られるため、専門家の意見を待とうと思う。

障

医師

「これで遊ぶといい」

背の高い、美男子と言っていいだろうが、どことなく感じの悪い男が私にそう言った。

差し出されたものを見ると、丸くてずっしりと重く、果実のように見える。

これは何か。しばらく思案するも、何も思い浮かばない。

「これは何より素晴らしいものだよ」

素晴らしいものと言われると、たしかにそうだと思う。瑞々しくて、艶があって、それが食べ物かも分からないというのに、かぶりついてしまいたい。見ているだけで口腔に唾液がたまっていく。口元からこぼれそうになっているのを知ってか知らずか、男は微笑んだ。

「まだ食べてはいけない」と言う。

なんでだ、と心の中で非難すると、

「これはまだ熟していない。徐々に積み上げ完成していくものだ」

だったら最初から熟したものをくれたらいいものを、なかしは意地が悪い。

「そんな顔をされても一度にたくさんは出来ない」

なかしは丸い果実を私の手に握らせる。

「また来る」

なかしはそう言って後ろを向いたが立ち止まって、

「誰にも言わず大事に育てろ、全てはお前次第だ」

と念を押した。


目が覚める。当直のときに利用する、お世辞にも綺麗とは言い難い仮眠室のベッド。薄汚れたアイボリーの天井を見る。

夢だったのか。やけにリアルだった。

夢というのは、うすぼんやりとしていてめちゃくちゃなものだ。大好きなナントカさんとデートする、家族と遊園地に行く、芸能人とテレビに出演する、みたいな分かりやすいものではなく、実際に夢に見るのは、家族と遊園地に行き、家族それぞれが芸能人の着ぐるみを被って高収入を得るアルバイトをしていたら、大好きなナントカさんが潜入捜査官で逮捕される、といった感じだ。そして何故か夢というのは、起きた直後にメモでも残さない限り忘れてしまう。一時期、夢日記をつけていたが結局三日坊主で終わった。そして、日記に残しておいたもの以外の夢は忘れている。

しかし、何故かこの夢は実体を持っているような気がする。忘れられないという予感がある。

それに私は、夢の中であの男を「なかし」と呼んでいた。

なかしは人間、それも男だったのだろうか。あのときは男性だと思っていたが、あれの姿を思い返すと、どちらともいえない。鮮明に覚えているのだが、男とも女ともとれる容姿だった。

『みぃちゃんはどっちでもないよ』

ふと、鈴木茉莉のセリフを思い出す。「みぃちゃん」は、なかしだ。やはり性別不詳なのか。自分で体験してみてやっと腑に落ちる。

ぞっとした。

私は夢を本当のことだと思ってしまっていた。単なる夢なのに。なのに、あれを「なかし」だと確信している。

眩暈がして、ベッドに再び倒れ込んだ。

柔らかいものに触れた。薄紅色の丸いもの。そんなはずはない。そんなはずはないのに、夢の中の果実ではないか——

『また来る』

となかしは言っていた。

＊＊＊

インターフォンが鳴った。思わず体が強張る。良くない傾向だ。橘家の怪異を調べ始めてから、どうもこの音に弱い。これでは、私に怪異を押し付けて逃げた木村さんと同じではないか。

私はあくまで、これは作り話だと捉えている。そこから動いてはいけないのだ。

怪談とは真摯に向き合いたいが、それで心を乱してはいけない。怪談を、はなから嘘だと決めつけるのはつまらないが、かといって全て事実だと思うのは幼稚だ。なかなかバランスの難しいところではあるが。

モニター画面を見ると、身長の低い男性が俯き加減に立っていた。宅配便の配達員ではなさそうだ。

記憶を辿ってみるが、家に訪ねてくるような間柄の男性に、ここまで身長の低い者はいない。

私は学生時代ゴルフ部に所属していて、年に数回、ＯＢとして後輩たちに酒を奢ったりしている。ゴルフ部はいつの時代も大所帯で、残念ながら全員の顔を覚えているわけではない。そのうちの一人かもしれない。そう思って通話ボタンを押す。

「どちらさまですか」

『おひ　さしぶ　りですせん　せい』

男が顔を上げる。

「水谷……」

顔貌(がんぼう)は間違いなく、あの水谷――隠れキリシタンの処刑された地へ行くと言ったまま姿を消した学生――だ。しかし、私の知っている水谷はこんなに痩せた小男ではない。オカルト好きという性質に反して溌剌(はつらつ)とした雰囲気を持った男だ。高校では野球をやっていたというだけあって、上背もあり、筋肉質だったはずだ。

まあ、人にはさまざまな個人的事情がある。私はつとめて平静に、先輩らしく応答する。

「久しぶりだな。心配してたよ、親御さんとは、その」

『せん　せ　いにはおれ　いを言いにうか　がいまし　たそのせ　つはありがとうございます』

水谷は大きな目をきょろきょろと忙(せわ)しなく動かす。変わってしまった彼の雰囲気の中で唯一変わらないそれが、ことさら不気味に感じられた。喋り方も珍妙だ。

「お礼ってなんだ？　お礼なんて言われるようなことはしていないけど」

『せっせと足を折り運ぶようにと言って下さいましたそれは先生にとっては何でもないことだったのかもしれませんが俺にとってはありがたやありがたやガタヤーンヌアぐつぐつぐつぐつ』

　ガタヤーンヌアはタイ風焼肉の調理に使う鉄板鍋のことだ。水谷は父親とうまくいっていない割に、「当たり前田のクラッカー」だとか、そういった下らない親父ギャグのような語尾をつけて話す癖があった。だからやはりこれは水谷なのだろう。それでも。

「水谷、落ち着けよ。そんなこと言った覚えはない。それより」

　私を遮(さえぎ)るように水谷は、

『い　いえ確か　に言っ　たのです言って下さ　った　のですだか　ら私は　はちがつじゅうさんにち　に近付くことができましたありがとうございます』

「それは良かったな」

　なんだか分からないが、目的が達成できたというならそれは良かった。心なしか水谷の顔には笑みのようなものが浮かんでいる。

「水谷、親御さんには連絡したのか？」

『あせ　んせい　手土産　わ　すれ　てました』

水谷はごそごそと何かを取り出すような仕草をした。

「……まあ、とりあえず上がれよ」

解錠ボタンを押そうとして、うっかりＰＨＳを取り落とす。拾うためにしゃがみ、もう一度押そうとしたところ、水谷がいない。

開かないことに腹を立てて帰ってしまったとでもいうのか。なんと短気な。

慌ててエントランスへ走り、ドアを開ける。やはりいない。まだ遠くへは行っていないだろう。歩道に出る。

いなかった。うちからまっすぐ延びた道路の左右どちらにもいなかった。

「水谷」

背後でボールが転がるような音がした。

「なんだ、隠れてたのか」

そう言って振り返る。

水谷はいない。

代わりに球体が転がっている。

あの果実だ。

＊＊＊

久々に実家に帰った。ソファーで妹がくつろいでいる。妹は心根は優しいが、どうもすべてにおいてだらしないところがあり、仕事も男性関係も長続きしたためしがない。しかし愛嬌だけは抜群にあり、いわば家族のアイドル的存在として、実家に寄生している。

「あんな。潰れたらしいであのカフェ」

「お帰りも言わんと突然、なんや」

「猫のおばちゃんがやってたとこや。テレビにも出た、覚えとらん？」

「ああ、あすこか、そら不思議やな。随分流行っとったんに」

「猫のおばちゃんには、あたしも世話になったからな」

「なんやその言い方、えらそーに」

「やってほら、色々あったもん。あたし、トラブルメーカーいうやつやから」

「自覚あったんか」

「そらあるよ。何度面倒起こしたことか。あ、でも逮捕歴とかはないで」

「奇跡やな」

「腹立つわぁ。まあほんでな、お母さんが猫のおばちゃんに相談しとったことは知っとるよな」

「ああ、それな。宗教かなんかかと思って、そっちが心配やったわ」

「まあでも宗教みたいなもんやねん」

「はぁ？」

「猫のおばちゃんな、見える人ってやつなんよ」

「あほらし」

「あほらしないわ！　ほら、覚えとる？　まーくんの事」

「あー、お前の付き合っとったストーカー男やな。東京にいたからそのあと知らんかったけど、どうなったん」

「薄情やなー。まあそのな、あたし殺されかけてん」

「はぁ⁈　初耳やねんけど」

「そら言うてないもん。あんた忙しそやったし、それどころやなかったと思うし」

「さすがに妹が殺されかけたって聞いたら、飛んで帰ってくるわ」

「そらおおきに。まあそんでな、まーくんイケメンやったやん？」

「ああ、やたら細っこいけど、イケメンと言えんこともないな。韓流アイドルみたいな」

「イケメンで愛想もえかったから、誰も信じてくれへんかったんやけど、モラハラいうんかな、そういう状態やったんや、付き合うとるとき。ナオちゃんって覚えとる？」

「ああ、幼馴染み（おさななじみ）の。キツい子ぉやったな」

「そうそう。最初はな、ナオちゃんにガツンと言うてくれたり、あたしにセクハラしてきた先輩のおっさんに証拠集めて釘（くぎ）さしたりしてくれたんや。それでな、男らしい！かっこええ！　って思っとったんやけど」

「うん」

「だんだんな、おかしなって」

「例えば？」

「あたしあんとき、インスタアイドル的な……小規模やったけど……そんなんやってたやろ」

「あー、美人ショップ店員みたいなやつな。おもろかったわ」

「いちいち失礼なこと言わんと喋られへんのかお前。まあええわ、ほんでな、あれ見て結構ファンいうんかな、そういう女の子たちが来店してくれたりな、プレゼントもくれたりな、そんなんあってん」

「想像ついてきたわ。インスタやめろ言われたんやろ」

「まあそれもあるけど……まあそろそろ潮時かな思ってたし、やめたんや。でもな、インスタで繋がった女の子たちは相変わらず来てくれるわけやん。そしたらな、突然まーくんが来て、その子がくれたニットをな、目の前でハサミでザクーッって」

「は？　ありえん」

「その女の子泣いてしまってな、そんなに嫌やったんですね、もう来ませんみたいなこと言うて……ほんま可哀想で」

「ま、そこでまーくんと別れる決意したんやな」

「ちゃうねん」

「ちゃうんか」

「あたしのこと好きすぎるんやなって思って我慢したんよ、それは」

「そういうのがお前のあかんとこやぞ」

「言わんといて。分かっとるわ。まあそんな感じのことが何回かあってな、店長から辞めてくれ言われて、辞めることになってしまったんや」

「そらそうなるわ」

「でもあたし仕事好きやったからな、別の店舗で働く言うて……そしたらな、まーくんが結婚してくれ言うんよ」

「うわ」

「まあでもな、そんときは結構嬉しくて……お母さんに報告した次の日やったかな、猫のおばちゃんから宅配便きたんよ」

「ほう」

「中にな、でっかいバツの書いた紙と、宝塚のチケットが二人分入っててな」

「なんやそれ」

「猫のおばちゃんに電話したんや。そしたらな、『ただフィーリングで送っただけです』言うのよ。フィーリングで宝塚とかバツとかわけ分からんやん」

「うん、まったく分からんな」

「まあしゃーないからな、まーくん誘ったんよ、宝塚に」

「おまえー……」

「いや聞いて。そしたらな、まーくんめちゃくちゃキレて」

「なんでや」

『おまえどこで知った！　馬鹿にしてんのか！』言うて殴ってきてな。ケータイ取り上げられて風呂場に閉じ込められたんよ」

「こわすぎる」

「あたし運動神経結構ええやろ？　風呂場の窓から、三階やってんけど、バーッ飛び降りて逃げたんや。そん先はあんたにも話したと思うわ」

「ストーカー化の話やろ。それは聞いてたわ。ほんでも、なんでまーくんはそんな怒ったんやろな」

「それがな、最近知ったんやけど、まーくん、元々は女の子だったらしいねん」

「はぁ?!」

「おばちゃん、ちょっとすごすぎん？」

「ああ、ゾッとするわ」

「あっ、ちょっと信じる気んなった？」

「いやいや、偶然てことも」

「頑固やな。まあええわ、ほんで続きあんねん。ストーカーになってしもたまーくんやけどな、行動力めちゃくちゃあってな、お父さんの病院とかにも嫌がらせするようになってな」

「ええ……」

「一時期えらいことやったんよ、Googleの口コミにな、あることないこと書かれて。ビラばらまきとかもあったし。警察に言うたり、Googleに削除依頼出したりしたけど、イタチゴッコで」

「言うてくれよ、そういうことは」

「せやから、あんた東京におったし。まあ、お母さんもずいぶん参ってしまって、猫のおばちゃんに相談したんよ」

「ああ、それでか」

「そやねん。そしたらな、なんかまたテキトーなフィーリングかなんかでアドバイスくれたらしんよ」

「どんな？」

「どんなかは分からんねん。でもな、そしたら、まーくん消えてん」

「消えたて」

「ほんまそのまんま、消えたん。メーワクコーイがなくなってな、不思議やねんけど、なんかこれで終わりなんやって気がして。お母さんも終わりやって言うから、そうなんかなーって。でもやっぱりちょっとは気になるからな、ついこないだ、知り合いに連絡してみたんよ」

「うん」

「そしたらやっぱ消えてんて」

「はあ？」

「仕事もバックレ、ツイッターもインスタもラインも消えとるんやて」

「うわそれは……なんや、猫のおばちゃんが消したみたいに思ってしまうけどな」

「もうそんなこと言うて。こっちは感謝感謝や。あんだけ困ってた悩みの種が消えたんやもん」

「まあそれはそやな。で、そんなスーパーな猫のおばちゃんのカフェが、どうして潰れたんや」

「それは……分からん」

「占い師は自分のことは占えへんとかそういうやつかいや」

「すーぐ馬鹿にしよる。あんたオバケーとかユーレイーとかそういうの好きなんに、なんで誰よりも疑り深いんや」

「いや、信じてたら怖くて聞きたくないやろ、常識で考えて」

「腹立つわー」

インターフォンが鳴った。

条件反射的に、私の体は震える。妹がそれを見てニヤァと笑った。

「フフン、あんた誰よりもビビリなんやね」

「うるさいわ、はよ出ぇ」

「ふふふ」

妹は小馬鹿にしたような笑みを浮かべたまま玄関に行き、上半身が完全に隠れてしまうくらいの大きな荷物を抱えて戻ってきた。

「うわっえらい荷物やな、はよ下ろし」

「おん。ていうか、これ、猫のおばちゃんからや」

「なんやおまえ、また変な男にひっかかったんか」

「ちゃうわ！　あんた宛！」

「えっ」

カッターナイフで慎重に梱包を解く。猫のおばちゃんとは数えるほどしか話したことがないのに、いったい何の荷物なのだろうか。

猫のおばちゃんは母方の遠い親戚にあたり、独身で、株だか先物だかで稼いだ金で広いマンションに大量の猫と暮らしている。小さい頃から妹には優しかったが、私のことは眉間にしわを寄せて睨んでくるので、おそらく生理的に嫌われているのだろうなと思っていた。そんな猫のおばちゃんが、なぜ、今。

段ボールを開けると、梱包材があふれ、甘い香りが漂ってくる。これは。

「りんごやない？　いやりんごやないか、小さいし、ヘタもついてへんし、杏子とか？台湾の桃とかにも似とるな」

妹が興味深そうに手に取る。

「あら、手紙ついとるやん、なんやろ」

「あ、こら勝手に」

「えーっと……シルナ？　知るな？　これなに」

＊＊＊

猫のおばちゃんの警告、「知るな」であるが、確かに私は今、橘家の怪異について知りたいことを山ほど抱えている状態だ。しかし、斎藤晴彦氏からのコンタクトがないのだから、知りたくても知れるはずもない。やはり所詮は「フィーリング」だ。

そういえば、中山さんに水谷の話をしたら舌打ちされた。中山さん的には、水谷の話も「障る」話の一種なのだろう。行方不明の学生が戻ってきたというのは喜ばしい話であるはずなのに。

水谷の実家に確認しようかとも思ったが、とっくに学籍は削除されているうえ、水谷の親父さんである水谷クリニックの院長にコンタクトを取るのも躊躇われた。

それに、糖尿病外来で有名な厄介患者、通称「コニタン」が来て、非常にめんどくさいイチャモンをつけられ、私が悪いわけでもないのに部長に反省文を書かされるなどしていた。後になって、コニタンは病院長先生の親戚だと聞いた。やはり何においても、知らないより知った方が良いではないか。私は心の中で、「知るな」という曖昧模糊とした警告を残した猫のおばちゃんに八つ当たりした。

汗臭い満員電車を降りるが、息苦しさは変わらない。インフルエンザの大流行が報道されたばかりだというのに、駅前には相変わらず大勢の人々がひしめきあっている。うんざりして、家に帰るまでになるべく人と会わないルートを辿ろうと道を曲がる。

反省文を書かされた上に、未だ体調が完全には戻らない私と違って、水谷は目的の達成に近付いたというのだから羨ましいよな、などと道すがら考える。

そもそも、8月13日に近付いたとはなんなのだ。8月13日がなんの日かも分からない。

「月遅れ盆迎え火ですよ」

思わず失禁しそうになった。後ろから急に声をかけられたのだ。声には侮蔑の色が混じっている。振り返ると、水谷が、ちんちくりんの姿のまま立ち尽くしていた。

「でももう過ぎてしまいました、有限会社スギテックオフィス」

水谷はこちらに近付いてくる様子はなかった。それどころか、目が合わない。私に語りかけているようだが、目線は斜めの方向にある。

水谷は本当に背が縮んでしまったのだ、とあらためて実感する。

縮んだとはいっても、子供のようにかわいらしくなったわけではなく、元の水谷から手足の一部をトリミングしたかのようだ。暗くてはっきりとは分からないが、顔色も良くないように見える。

一体どういう病気を——いや、病気以外の、何か別の理由かもしれないが、とにかくどうしてこんなふうになったのかとても気になるが、聞きたくはない。

人通りの少ない道を、などと思った自分を殴りつけてやりたい気持ちだった。周りに誰もいないのが急に不安になった。

「どうして過ぎたんだと思いますか？」

腕を強くつかまれて、ヒッと情けない悲鳴が口から漏れる。水谷はあっという間に正面に回り込んでいた。

目線が合わないことがここまで不気味だとは思わなかった。

「ねえ、どうしてでしょうね少年隊」

グルン、首がもげそうなほど顔を上に向けて、今度は私の顔を覗き込んでくる。目が洞穴のように真っ黒だった。思わず突き飛ばすと、意外にもあっけなく水谷は手を離し、そこに佇んでいる。私が回答するまで、そこにいるつもりなのだろうか。

それ以上何もしてこないのを見て、少し安堵する。しかし、自分より三十センチ近くも背の低い男に対して、じつに情けない。

「どこか入って話さないか、水谷」

言ってすぐまた後悔した。どこに入っても、今の水谷と話ができるとは思えない。

私は電子書籍で読んだ、朱雀門出の小説を思い出していた。昔の知り合いが訪ねてくるが、その知り合いは変わり果てており、カミノケモノがどうとか、不気味なことを言ってくる。そして最終的には——というような内容だ。

今、まさに私はそのパターンに嵌ってしまっているのではないか。

創作物であっても出来の良いものは「自分の身に起こりそうだ」と思えてしまうから嫌だ。

今からでも「用事を思い出した」などと言って帰ってしまおうか。

しかし、このままだと自宅まで付いてくる可能性さえある。だったら、人のいる居酒屋にでも入った方がまだましだ。

私は来た道を駅の方まで戻り、「一寸　一ぱい　お気軽に」と書いた大きな提灯が飾ってある居酒屋を指さした。

「ここでいいか」

「ええ」

水谷は、特に抵抗することもなく店に入っていく。

「らっしゃーせ、一名様ですか！」

元気のいい男の店員の声を聞き、ほっとする。

「ニメイデス」

水谷が妙なイントネーションで言うと、店員は盛大に転び、卓上の紙ナプキンがバラバラと落ちた。ラガーマンのような体形をした大男だから、水谷のことが視界に入っていなかったのだろう。にしても、少し驚きすぎのような気がするが。私は先ほどまでの自分を棚に上げた。自分より驚いている人がいると、妙に落ち着く。

ほとんど人がいないゾーンに通されてしまった。これでは、わざわざ人が多そうな店を選んだ意味がない。

さっきとは別の女性の店員が、溌剌（はつらつ）とした笑顔を向けてお冷（ひ）やと注文パネルを運んでくる。ありがとう、と言って水を受け取ると、

「血に　なっていない　水をください」

キャア、という耳を劈（つんざ）くような悲鳴を上げて店員は水谷を見た。水谷は表情も変えず続ける。

「海は血に変わり、川は海に流れるとすると、やはりその水は血ということになりませんか」

女性店員はほとんど泣きそうな顔で首を横に振った。

「そういう　こと　ですか」

水谷は得心したようにうなずいた。

「すいません」

私が割って入って謝ると、店員は逃げるように厨房に戻っていく。

——O Haupt voll Blut und Wunden,
Voll Schmerz und voller Hohn,
O Haupt, zum Spott gebunden
Mit einer Dornenkron——

居酒屋に似つかわしくない歌が流れている。ミッション系の学校に通っていた私にとっては耳慣れた「血潮(ちしお)したたる」という賛美歌だ。ミサのときに聞けば荘厳な気持ちにもなるが、こんなところで聞くと、違和感があるどころか、不気味に感じる。

「8月13日13日なぜ過ぎてしまったんでしょうね」

「いやそんなことを言われても……時間は過ぎていくものだし」

「うまくいっていた　のにダメでした大丈夫　だと言ったじゃないですか」

攻撃的な声だった。相変わらず目は虚ろだが、少しだけ怒りの炎が宿っているような気がする。

「上手くいかなかったのは気の毒だが、私はそんなことは」

「やっぱりせん　せ　いに　きちん　と段階を踏んでいただかないと　ダメでしたね団塊世代」

そう言って、今度は打って変わってしょぼくれた表情で俯く。少し哀れになって、

「ものごとには順序というものがあるからな」

私は適当に話を合わせた。

「ええ、ヒョウもフっていないのに、突然、突然イナゴですからね、これはよくない」

「何の話をしているんだ」

「マムシですよ。親殺し　本来は子殺しが先でしょう　順番がめちゃくちゃなわけです」

「おだやかじゃないなあ」

水谷は何が面白いのか、くすくすと忍び笑いを漏らしている。なんとか話題を変えようと思って——ひょっとすると変わっていないのかもしれないが、一番気になっていたことを尋ねる。

「どうだったんだ。その、『ひとくろづか』だっけ。お前、レポートに書いて見せてく

れるんじゃなかったたっけ」

　水谷はドン、と拳(こぶし)で机を叩いた。振動で水がこぼれる。怒らせてしまったのかと思い、窺うが、顔は笑顔のままだった。

「最初はね、踏まされるんです。で踏まないじゃないですか当たり前に。だから次は葦簀(よしず)の上でお説教。当然風は吹き曝(さら)し、クロどもの肌を切り裂き雪も降ります。それでもクロどももやめません。当たり前です。夜には六畳一間に百人、圧死圧死です。ななつのオドは母に潰され死にましたいいざまです。一切れの芋を十人です。朝になれば今度はユキ地獄。決して溶けぬクロもやめぬ。一郎太次郎太三郎太折り重なって耐え忍びます。七代待てばパードレがやってくるとそう信じて。ひとりふたりさんにん減ってよにんごにんろくにんななにん」

　何かを指折り数えているようだった。おかしい、何を言っているのかさっぱり分からない。水谷は正気ではない。

　そもそも顔がおかしい。水谷の顔は整っている部類ではあるし、パーツは今も変わっていないように見えるのだが――妙に歪んでいる気がする。近くで見るとその歪みがこちらに伝染しそうで、言いようのない恐怖を覚える。モニター越しに見た彼を異常だと思ったのに、なぜ私はこうして向かい合っているのだろう。先ほど頼んだ生ビールも、海鮮サラダもさつまあげも来ない。

もう帰りたい、異常者の相手などうんざりだ。

立ち上がりたい、そう思っているのになぜか水谷から目が離せない。

——O Haupt voll Blut und Wunden,
Voll Schmerz und voller Hohn,
O Haupt, zum Spott gebunden
Mit einer Dornenkron——

「血潮したたる」が終わって、また「血潮したたる」が流れてきた。何もかもおかしい。この店は水谷が入ったからおかしくなったのか、それとも最初からおかしい店なのか、あるいは私が。

「よんじゅうごよんじゅうろくよんじゅうなな」

水谷が「48」を言い終える前に、ふと体が動くようになった。その勢いのまま席を立ち、レジに向かう。

レジには人がいなかった。必死にベルを鳴らす。その間も注視する。

さっき水谷は気付かぬうちに背後に立っていた。マンションのときだってそうだ。奴は、好きなところに、好きなタイミングで出現するのかもしれない。異常な考えに囚われているのは分かっているが、先ほどから流れる「血潮したたる」に思考能力を奪われて、帰りたい。逃げたい。帰りたい。逃げたい。

それ以外のことは考えられない。

水谷は座ったまま、コップの底に残った水を眺めている。追いかけてはこないようだった。

「サーセンっした！」

先ほどのラガーマン風の店員が急ぎ足でこちらに向かってくる。

「これで足りなかったら病院に連絡してください」

一万円札を、今まで一度も使ったことのない、記念で作った名刺と共にレジに叩きつける。

「ももとせをせつなにちぢめちのはりき、せにしすともおしからじ」

誰か女性が、私の背中に向かって呟いた。

店を震わせるような大爆笑が響いた。皆が笑っている。笑っていないのは私だけだった。大喝采（だいかっさい）を後ろに私は地面を蹴った。

＊＊＊

「五島崩れ、という言葉を聞いたことがあるかな。大村の郡崩れ、浦上崩れ、とか」

斎藤氏は開口一番そう言った。

「そんなに詳しくは知りませんけど、隠れキリシタン摘発事件、でしたっけ」

私が答えると、斎藤氏は深く頷いた。

「もちろん、今の長崎周辺が一番有名なキリシタンのmeccaなんだろうけど、いや今の言い方は相応しくなかったかな、キリスト教にメッカなんて」

「話を続けてください」

斎藤氏の話は、色々なところにすぐ飛んで行ってしまうから注意が必要だ。彼は年齢に見合わない少年のような瞳を輝かせて続けた。

「とにかく、そういった土地は全国各地にあったんだよ。あの土地もそうだ」

斎藤氏は地図を広げた。

「このあたりは、旧松山藩と旧大洲藩の境目にあたるけれど、キリシタンが潜伏していた可能性が非常に高いんだ。特に大阪や京都で弾圧が激しくなってから逃げてきた信者が多いね。それで、マリア観音、キリシタン大師像、キリシタン碑――そういった隠れキリシタン遺跡がこのあたりに点々と」

「ちょっと待ってください、突然何の話？　こないだ送ってくれた民話というか伝奇というか、あれと全然関係ない話をされてるような気がするんですけど」

「いや、繋がっている。これ以上ないくらいに」

もう黙っていろ、とでも言うように斎藤氏は乱暴に地図を指さした。

「ひとくろでん、と呼ばれている」

鼓動が速くなるのを感じた。否応でも、あの背丈の縮んだ、陰気な目をした水谷の顔がちらつく。偶然ではない。

「それは、キリシタンの」

「そうだ。村人の訴えで捕まえられたキリシタン四十八人が役人によって川原で斬首されたが、哀れに思った者が厚意で、胴体を一ヶ所にまとめて埋めて塚を造り、ササを植えた。それをヒトクロザサと呼んでいたが、その川原が後に田となったので、ヒトクロ田と呼ぶようになった。塚には四十八人とだけ記してあるが、役人に遠慮して名前を伏せたのだと思う。ヒトクロのクロはクロス――つまり十字架だと思う」

何かとてつもなく嫌な気分だった。

まるでひとつの映画を、ワンシーンずつ断片的に、まったくバラバラのタイミングで見せられているようだ。

『でも、でもね先生、先生には気付いて欲しいんです。全ての話はひとつなんです』

聞いたこともない由美子さんの声が頭にこだまするようだった。この映画の主人公は私なのかもしれない。

「おいおい、聞いてるのか」

はっとして顔を上げると、斎藤氏が年齢にしては若々しい、つやつやとした額にしわを寄せている。

「すみません、少し眩暈(めまい)がして」

「分かるよ。くらくらするよね」

斎藤氏はそう言って微笑んだ。

「なんでキリスト教的ルールに基づいて進行しているのだろうって」

「待って、また何の話をしてるんですか？」

「えっ」

斎藤氏はまた、繋がっている、と繰り返した。

日ユ同祖論、というものがある。

日本人の祖先について、二千七百年前にアッシリア人から追放された〝イスラエルの失われた十支族〟の一つとする説だ。

古代イスラエルの失われた十支族とは、ユダヤ民族を除いた、ルベン族、シメオン族、ダン族、ナフタリ族、ガド族、アシェル族、イッサカル族、ゼブルン族、ヨセフ族（エフライム族、マナセ族）を指す。

第九族エフライム族、第五族ガド族、または第七族イッサカル族の数人が日本に移住したという説があるのだ。

日ユ同祖論を唱える人が示す根拠は、主に三つある。

①神道とユダヤ教の類似
②カタカナとヘブライ文字の類似
③ヤマト言葉とヘブライ語の類似

である。

現在の遺伝学の調査からは、現代日本人と現代ユダヤ民族の遺伝的組成は大きく異なっていることが示唆されており、日ユ同祖論は、現時点では否定される。日ユ「文化」

同祖論として捉えるのが、現在は一般的だ。

　詳細は長くなるので省くが、なるほどユダヤ教と神道は、儀式から霊的シンボルに至るまでかなり似通っているし、今現在使われている日本語の中にも、ヘブライ語と似た言葉は数多く存在する。

　何故ここまで似通っているのかというと、それは古代にさかのぼる。はるか昔、十万（諸説あり）もの人々が大陸から渡来し、日本に帰化したと伝えられている。その一部は大和の葛城に、多くは山城に住んだのだが、雄略天皇（五世紀半ば）のときに、京都の太秦の地に定住するようになったという。その人々は、「秦氏」と呼ばれていた。地名の「太秦」も勿論秦氏から来たものであるし、「うづ・まさ」とはアラム語の「イシュ・マシャ《Ish Mashiach》」であり、イエス・メシアを表す言葉であるという説もある。

　秦氏は非常に有力な一族で、平安京（七九四年）は、秦氏の力によって作られたと言っても過言ではない。仁徳天皇陵のような巨大古墳建築にも、秦氏は寄与していた。

　秦氏はほかにも養蚕技術や西方の知識を持っていたため、天皇の保護を受け、天皇に仕え、絹事業（ハタ織り）で財をなし、豪族となった。彼らは景教（ネストリウス派キリスト教）を信仰し、アッシリア以降の中東の共通言語であるアラム語を話していた。

　つまり、神道は、当時天皇家にも影響を及ぼすほどの力を持ったこの一族から持ち込まれた景教をベースに、構築された宗教なのである。

「私が送った『しきくい』が出てくる話、あれを読んでどう思った？」

「どうって、あまり民話らしくないというか、日本的お約束に則っていないと思いました」

斎藤氏から尋ねられて、私は思ったままを伝える。斎藤氏は満足そうに頷いて、

「その通り。あれは全部、キリスト教圏の話にルーツがあると思う」

「と、いうと」

「悪魔だよ」

背中をひどく冷たい手で撫でられるような、嫌な感覚が襲ってきた。背の縮んだ水谷の落ち着きのない目線を思い出す。

「私が蛇の話ばかり送っていたのも『なかし』だからだ」

斎藤氏は紙にペンを走らせる。

——נחש

「ナーカーシュ、ナーハーシュ。ヘブライ語で蛇だ。旧約聖書の失楽園に出てくるエヴァを唆(そそのか)し、智慧(ちえ)の実を与えた存在。これが日本に入ってきて、呼び名が『なかし』に変

化したのだろう」

「それがなんで、松山に」

「だから面白いんじゃないか！」

斎藤氏は瞳を輝かせて叫んだ。

「この話はめちゃくちゃだ、信仰体系も、呪いも、祀る神もめちゃくちゃに混合しているのに、骨子のお約束だけはきちんとしている。すべて憶測なのに、何故か考察の余地がある。それが楽しいんだよ」

「楽しいって、こっちは……」

言いかけて口を噤む。こっちは本当に困ってるんだぞ。そう口に出そうとしていた。何に困っているというのか。この話は、木村さんの創作漫画を皮切りに集めた、類似した怪談でしかないというのに。

「単なる創作ですよ。そんなに真剣に考えることでも」

私は一八〇度意見を変えて斎藤氏に言う。

「いや、そうとも言い切れない」

「どうして」

「ドミニク・プライスだよ」

　パソコンのモニターに、やや太めの白人男性が写っている。私はモニターの男性と、やせ型の日本人然とした斎藤氏を交互に見比べた。体格も人種も違うのに、なんとなく似ている。同じような趣味を持つ者は、種族を超えて似通っているのだろうか。

「私は、彼とは旧知の間柄だ。彼の奥方とも。それがこの話が創作でないことの証左だよ」

「ドミニクさんのことは私も知ってますよ、でも、あれは単なる記事ですし、真偽なんて分からないでしょう？　本当の死因は交通事故らしいですし。だから……」

　そこまで言ってから、息をのんだ。

「うんうん、今君も気付いたよね。そうなんだよ、それじゃ説明がつかないだろう。君に送られてきた方の記事とも偶然の一致、なんてことはふつう有り得ないよね」

「いや、それに関しては……斎藤先生が連絡したから、酒井さんが私にあんな創作を送ってきたんでしょう」

「ん？　創作って？」

「だから、鈴木母娘（おやこ）の体験談と、それに関するテープ起こし」

「いや、私は酒井さんに資料を送れと頼んだ覚えもないし、あれが創作だとも思っていない」

では、あれはなんだと言うのか。実話だとでも言うのか。あんなタイミングで、実在の人物が沢山出てきて。創作でないなら、質の悪い嫌がらせだ。どうしても実話だと認めたくない。絶対に認めてはいけない。

認めてしまったら、この話の主人公が。

「でもあれは、窓に！　窓に！　じゃないですか」

私は必死に実話ではない理由を絞り出す。

「窓に！　窓に！」とは、かのラヴクラフトが、冒瀆的な神々——邪神と言ってもいいだろう——を描いたクトゥルー神話のうちの短編『ダゴン』において、主人公が迫りくる邪神の使徒を見付けた際、最期に残した、断末魔にも似た台詞である。

ホラーのお約束というか様式美なのだが、私も考察に書いたように、明らかに命に関わる状況下でペンを手放さない、あるいは独白を続けるのはおかしく、また命を落としたと思われる人物の描写を誰がしているのか——というロジック的な穴があるものだ。

「そこなんだよねひっかかるのは。最後が『ず』で埋め尽くされているのも、物語にのめり込んだ状態で読めば面白いんだが、手法としては幼稚だと言わざるを得ないよね」

「じゃあやっぱり」

「いや、やはりこれは創作ではないよ」

斎藤氏の穏やかな声が酸のように耳を焼いた。

「鈴木母娘――正確に言うと茉莉は行方不明だが、死亡記事が出ている」

記事は、昨年のものだった。

気付くと教室にいた。律名小学校五年三組。もうすぐ朝礼が始まる。

先生が入ってくる。とてもきれいな人なのだが、なかなか名前が覚えられない。委員長が号令をかけ、みんなで席に座る。

「今日は皆さんに話し合いをしてもらいます」

ふつう、朝礼は朝のお祈りから始まるのに、そんなことを言う。もしかしてイジメとかが発覚したのかもしれない。うちはキリスト教の小学校だからかもしれないけど、直接怒ったりとかそういうのはない。話し合いですべて解決させる。

もともといい家の子供が多いから、だいたいはそれでどうにかなるのだ。

先生はため息をついた。

「次の生贄は誰が良いと思いますか」

呆れたような、諦めたような口調だった。

「高山」「よっちゃん」「神田川君」「みちる」「太陽」「笹本」「イツキ」

クラスメイトは、口々に候補の名前を挙げる。我も我もと手を挙げている。

「あら、決められないんですね」

先生は、一番前にいた坂田の頭を机に押し付けながら言った。坂田の口からぐうとうめき声が上がる。

「じゃあ、次の質問です」

坂田は息をしなくなった。

「次の生贄を捧げるなら、誰に捧げるのがいいでしょう」

今度は誰も発言しなかった。打って変わって静まり返っている。顔を上げると、笹本がこちらを見ている。非難めいた表情だった。隣に座っている山本も同じ表情で、やはり目が合う。

答えなくてはいけないのか。心臓が脈打った。なぜ。なぜ。もう一度下を向くと、

「誰がいいですか」

先生だった。先生が頭をつかみ、引き上げる。

「誰」

口調はあくまで優しい。

「神様」

と答えた。

どっと教室が盛り上がる。ウケを取ったのではない。嘲(あざけ)って笑っている。

「真面目に答えないと毟(むし)りますよ」

嘲笑(ちょうしょう)がピタリと止んだ。

先生が、耳元で、

「また来ます」

と言った。

＊　＊　＊

起きると汗だくだった。左手に握りしめているバレーボール大の果物を、床に置く。

今度は学校だ。律名小学校。私が実際に通っていた、三重県の小学校だ。教室も、中にいた友人たちも、すべて当時のままだった。異質なのは先生だけだ。つまり、なかしだ。

あらためて、集めたエピソードの類似性について頭をめぐらせた。一連の話は創作だと説明がつけられる。人は結局インプットからしかアウトプットできない生き物だから、私がどこかで聞いた彼らの名前や話に、自分の記憶を無意識に寄せて創作してしまっただけだと。

しかし説明がつかないのが、日に日に大きくなっていくこの果実だった。

「なかし」が来た。また来る。

斎藤氏に鈴木母娘の死亡記事を見せられてから具合が悪くなり、私は退席した。漠然とした不安を形にされるのが怖かった。斎藤氏は、「すべて実在する、実話なのだ」と言っていたが、私はどうしても信じたくなかった。

しかし一晩経ってみると、好奇心が湧いてくる。いや、好奇心とも違う、使命感のような何かだ。最後まで見届けなくてはいけないと。

ひとつの映画を、ワンシーンずつ断片的に、まったくバラバラのタイミングで見せられているようだから、全編を把握したいと思ってしまうのだ。私が主人公だとしてもだ。

私は斎藤氏に日を改めてまた話したいと約束をし、席を立つ前に、ますます馬鹿げているとは思うが、夢の話、猫のおばちゃんの警告の話——白昼夢で見た「ヘビハラさん」の話、突然現れた果実の話、水谷の話、腕のもげたボナリンちゃんの話まで、詳細に伝えた。

早口で何か解説しようとする斎藤氏を遮って、また後日にしてくれと再度繰り返す。斎藤氏にとっては他人事かもしれないが、私には心構えが要る。

それに勿論、最優先事項は仕事だ。怪談が気になって働けないなどということがあっては笑われる。腕も足も無事だ。祟るとは言われたが、祟られてはいない。

斎藤氏にとっての最優先事項は「オカルト」なのだから仕方がないとはいえ、私は少々不愉快になった。斎藤氏が去り際にこんなことを言ったのだ。

「手足が無事だからといって、相手が蛇なら油断はできないね。頭上注意だよ、蛇は這いずるだけの生き物ではない、木に登る」

中山さんは相変わらず私を避けている。もうこの話をするなと言われたのだから、するわけがないというのに、私と目が合うと、驚いたように身を竦め、走り去ってしまう。なにもそんなに嫌わなくてもいいだろう。このままでは業務に支障が出てしまう。

由美子さんらしき患者の話をしたり、最初は乗り気だったくせに。

そう、由美子さんだ。由美子さんの言う通りならば、この話を読んで調べている私にだけ障りがある（認めたくないが現に起こっている）わけで、中山さんが警戒する必要など、どこにもないではないか。

「ああ、法則を守ると思っていらっしゃる」

背後から男の声がした。

大声が出そうになった、が、実際に口から出たのは情けない呼吸音だ。

水谷。

「法則はないわけです、順序はあります」

言っていることは相変わらず支離滅裂なのに、何故か意味が通っているように思えた。

話が通じるはずもない、水谷に問いかけてしまう。

「じゃあ順序を教えてくれ」

「教えてくれってあなた、それは」

水谷は憤慨したような声を出して黙る。

「頼むよ」

私は情けなく懇願した。

「親殺しはここの専門でしょう、いわば親殺し科専門医」

「何を失礼な」

振り向いたが水谷はいない。また私の背後に回ったのだ。

「8月13日を過ぎた理由が『医師ニ非ズハ人ニ非ズ』って、それはないでしょう」

「水谷いい加減にしろよ、真面目に聞いてるんだ」

手を伸ばすと、水谷の肩らしきものをつかむことができた。嫌と言うほど指を喰い込ませて揺さぶる。あまりにも小柄になってしまったからなのか、まったく手ごたえがなかった。

「ほら、あれを見たらいい、とても良い、渦巻きですよ」

水谷が指した方へ目線を上げると、さっき走り去っていったはずの中山さんが、廊下を渡ったところに佇んでいた。

感情のない、虚ろな目でこちらを見ている。

——舌にかぎかけ　ひとまわり

中山さんの声ではない、水谷の声でもない、もちろん私の声でもない、誰かが歌っている。

顔は凍り付いているのに、中山さんの体は楽し気に揺れる。曲に合わせて踊っているのだ。

——鼻につなつけ　ふたまわり

くすくすと水谷が笑う。水谷だけではない。大喝采だ。大勢の男女の割れんばかりの拍手と歓声。その中で中山さんの動きはより一層激しくなる。四肢(しし)を目いっぱい使って踊っている。

違う、これは踊りではない。嵐の中、一本の糸を寄る辺に懸命に揺れる凧(たこ)、そういった類のものだ。

——顎(あご)にはわだち　みつまわり

体が目にもとまらぬ速さで回転している。右足は反対方向に、腰はねじけて、左足が頭の位置にあった。このままでは四肢がもげてしまう。

歓声は止まない。拍手のリズムが速くなる。私以外の誰もが、これを望んでいる。

——底なし淵(ふち)に投げ入れ　鍵かけ　井戸の下　七代経ったら　さかまわり　さかまわり

「やめろ‼」

ようやっと大声で怒鳴る。しかしもう、手遅れだ。

中山さんの四肢が飛び散る瞬間が恐ろしくて、私は目を閉じた。

しかし、いつまで経っても何の音もしなかった。歌の続きも聞こえてこない。

先程まで感じていた水谷の気配も消えている。

ぽたり、と額に何かが垂れた。アンモニアのような臭気を放っている。

恐る恐る目を開ける。

最初に飛び込んできたのは、ゆらゆらと揺れるナースシューズ付きの足だった。

中山さんが首を吊っている。

知

ある達磨の顚末

一

「さて、どこから話したものか」

斎藤氏は研究室のソファーに腰かけ、深くため息を吐いた。

「いや、こういう場合はまずご愁傷様、かな？」

私はゆっくりと首を振る。

「まだ中山さんは死んではいませんけど」

そうなのだ。中山さんはぎりぎり生きている。私がおろしたわけではないが、あのあと、〝首を吊っている状態〟ではなくなったのだ。そもそも、何に吊られていたのかも全く分からない。急にドサリと落ちてきた。

私は呆然（ぼうぜん）としながらもすぐにスタッフに連絡をし、彼女は処置を受けた。

「いやあさすがだね」

斎藤氏は微笑んだ。気に障る言い方だが、彼は心からそう思っているのだ。私自身も、自分の冷静さによって中山さんの命が助かったことをほんの少し自慢に思っていたわけだから、曖昧に頷いた。

「それより、その」

「まあ君が当事者だからね、君に選択してもらおうと思ったけれど、時間も……ないわけだし」

「ああ、斎藤先生も授業とかでお忙しいですよね、いちいちお時間取って頂いて、申し訳ない」

「いや、正直楽しいし、私のことはどうでもいいんだよ。今君に迫っている危機のことだ。時間というのは、君に残された時間のこと。多分、もう、いつどうなっても、おかしくないというか……」

斎藤氏はふたたび深くため息を吐いた。

「水谷君だっけ。『法則はない、順序はある』と言ったんだよね」

「ええ」

「これって深刻なことだよ。法則のある怪異、つまり『魔は3という数字にこだわる』だとか、そういったものであるなら簡単だった。——これまでの話に沿って言えば、『見るなの禁』、決して覗（のぞ）くなと言われたのに覗いてしまい大蛇の姿を見た宿屋の主人とかね。そのケースなら、やらなければいい、ルールを破らなければいい、それだけなんだから。でも、今回は違う。法則がないのに順序がある。つまり、こちらからあちらに干渉ができないということだ」

「つまり、どういう」

「完全にランダムに、向こうの機嫌次第で犠牲になるということだよ」

――次の生贄は誰が良いと思いますか

夢で聞いた言葉が思い浮かんだ。

――次の生贄を捧げるなら、誰に捧げるのがいいでしょう

私はそのどちらにも正しく答えられなかった。

「多分今、同じことを考えていると思うけど、君の夢の話ともリンクするよね」

黙って頷く。暑くもないのに滝のように汗が流れ、幾筋か目に入ってひどく沁みた。

「じゃあ、どうしようもないじゃないですか」

そう呟いた。

返事はない。ややあって、

「いや、知るのと知らないのでは、だいぶ違う、ということもなくもない」

そんな曖昧な言葉が返ってくる。

感情の機微に疎(うと)い彼が、なんとかして紡いだ言葉だと思うと、やるせない怒りを表明するのは良くないことのように思われた。

「じゃあ、教えて下さい。まず、この間言ったキリスト教的悪魔について。怪異の正体は、悪魔なんでしょう？」

「ああ、言っておくけど、これは私なりの考えで——」

私の表情から、前置きはいらないと読み取ったのか、斎藤氏は本題に入った。

二

橘家のルーツは蛇蠱、すなわち憑き物筋の家である。この前提は間違っていないはずだ。患者のカルテに出てきた大きな壺、恐らくはそれが蛇蠱に使っていた壺で間違いないだろう。

彼らは嫌厭というよりも、むしろ畏怖されている。

一般的な、と言っていいか分からないが、よく知られる憑き物筋は、憑き物筋の者がムラに入っただけで祟るとされる。だからその者は、婚姻に苦労するし、それどころか同じ場所に住むことさえ憚られるので、そうだと認定された家系は差別的な扱いを受けていたそうだ。

こんなふうに印象が悪いのにも理由があって、君は知っていると思うが――例えば犬神だ。犬を頭部のみを出して生き埋めにし、または支柱につないでその前に食物を置き、餓死する寸前に首を切ると、頭部は飛んで食物に食いつく。これを焼いて骨とし、器に入れて祀る。落とした犬の首を辻道に埋め、人々に頭上を往来させる、なんていうやり方もあった。まあ平安時代からあった迷信なわけだが、とにかく手法が残酷だよね。それに、犬神憑きの家系の人間は、しばしば犬のように吠えて暴れたりしたので、ますます嫌がられた。勿論こういった差別は、精神疾患を持つ患者本人や、その家族が共同体に参入してくることを避けるために、医療知識のない中でなんとなく辿り着いた「智慧」ではあると現代では見られているけどね。無論褒められたことではないが——ごめん、話を戻そう。

　このような忌み嫌われ差別される憑き物筋とは別に、一部の地方では、呪術師——西洋風に言うとウィッチドクター——として、気に入らない相手を呪い殺すといった、憑き物を商売に使っていた家系も存在したようだ。

　例えばトンボガミだ。以前君に送ったトウビョウ信仰と同一のものだと考えられている。大正時代のはじめ頃まで、蛇を大切に飼っている家の人とケンカなどすると、蛇の大群に襲われ、蛇神に憑かれるといって恐れられていた。『西条誌』（伊予西条藩主・松平頼学の命により、藩の儒学者・日野和煦が編纂した地誌）によれば、頓病というのは、にわかに病むという意味で、蛇神憑きの家の者が呪えば七十五匹の蛇が相手の家を襲い、にわかに病となる。つまり、頓病にかかる。トウビョウは、これが時代を経て訛ったものだろう。憑き物筋とはいっても、橘家は、どちらかというと犬神よりトウビョウ信仰に近いと思う。

そういうわけで、彼らの元の生業（なりわい）は、おそらくまじない師だ。

しかしそれがどうして、蛇の祟りというにはあまりにも複雑な呪いを生んだのか。

それは彼らが蛇ではなく、蛇に似た別のものを信仰していたからだ。

悪魔、そう悪魔だ。

蛇は、西洋では頻繁に悪魔のシンボルとして使用される。

旧約聖書のエヴァを唆したナーカーシュという蛇、「エズラ記」「ヨブ記」「黙示録」に登場するリヴァイアサンという名の大蛇、サタン自身も、蛇と呼ばれることがある。

これらはすべて悪魔だ。飛躍だと思うかい？

君に少し説明しただろう、日本に根付いたキリスト教について。秦氏（はたし）だ。その秦氏はほとんどが太秦（うずまさ）に住んでいたが、一部は四国地方に散ったとされる。この辺にはやけに「八幡」という地名が多くないか？　この地名の由来は〝秦氏〟だ。そう、全国にあるナントカ八幡というのは、今では「はちまん」と呼ばれているが、本来は「やはた」と読む。すべて、秦氏と特に関わりの深かった八幡神（やはたのかみ）、つまり応神天皇（おうじんてんのう）を祀った神社なんだよ。

そして君が送ってきた漫画家さんの体験談。あれに出てきた学生サークルのブログに、

「姫だるま」についての記述がある。

『四世紀の昔神功皇后が御征戦にご出陣の途中道後温泉にしばらくご滞在になり、そこで応神天皇を御懐妊され、その後颯爽とした勇ましい鎧姿にて打ち続く苦難と不運にめげず大任を果たされた。美しく雄々しき皇后は、筑前の国に於いて、応神天皇を出産されました。その応神天皇の真紅の真綿包みの可憐な幼児を記念とし、追想して作られたのが黒い髪毛の美しい優雅な姫だるまです。

子供が持って遊ぶと健やかに育ち、病人が飾ると起き上がりが早くなるといわれ信仰にまつわる心意を示す玩具で人々の心の中に静かにしみて、その愛情は幾多の優美な媛だるまを生み出し、今日の優雅な姫だるまとなりました。神功皇后が応神天皇を道後でみごもられたとの伝説から、郷土玩具の「姫だるま」が作られた。』

何ヶ所も伏せ字になっていたが、原文は恐らくこれだ。インターネットの記事。

ここに書いてある応神天皇を主神として、応神天皇の母である神功皇后、それにもう一柱を加えたものが八幡三神とされている。太秦とは別に、この地域にも、強く秦氏の影響があったことは間違いないだろう。

悪魔はどうやって生まれたと思う？　唐突にこんな話をしたからって、不審に思わないでくれよ。悪魔というのはキリスト教が生み出した概念だ。つまり、キリスト教の影響がなければ悪魔など存在しない。分かりにくかったかな。言い換えよう。彼らは、自らの主神以外を認めないということだ。それ以外の神は、悪魔というわけだ。

　例えばメソポタミアの天候神アダド。バアルという呼び名の方が有名かな。バアルはカナンの人の主神だった。しかし旧約聖書では、たびたびバアルの信仰は理由なく非難され、土地の人が「バアル・ゼブル（崇高なる）」と呼んでいたものを「バアル・ゼブブ（蝿の）」とまで言い蔑（さげす）んでいる。そう、今は蝿（はえ）の悪魔ベルゼブブとして有名だ。

　何が言いたいかというと――橘家のルーツである蛇への信仰は、キリスト教の影響の強い土地においては「悪魔信仰」だったのではないかということだ。

　無論、諸説ある。例えば景教の影響と考えられている神器の「鏡」や「鏡餅（かがみもち）」なんかの「かがみ」というのは、ミラーのかがみではなく、蛇の体を模した「蛇身（かがみ）」なのではないかと言われているし、これはさっき言った「蛇は悪魔」という考え方とは矛盾するよね。どちらにせよ、蛇に対して強烈な畏敬と恐怖を抱いていたのは間違いないが。

　とにかく、橘家の祖先は、その土地の他の人々と違って、八幡神ではなく蛇そのものを崇め、さらには商売にもしていた。このあたりが、景教と大陸系の文化が混交していて面白いところなのだが……彼らはおそらく、まじないにより細々と暮らしていただけで、あるときまでは完全に日陰者だった。その彼らが日陰者からマジョリティに変わったきっかけ、それが一五八七年、豊臣秀吉の時代から始まったとされる禁教令だ。一番弾圧が過酷だったのは元和あたりだろうが、なんだかんだでキリスト教弾圧は一八九九年、明治時代まで続いていた。禁教令は、宗教的意味合いがあったわけじゃない。つまり、日本古来の文化を守るためにキリスト教を廃絶していたわけではなく、どちらかというと政治的意味合いが強かったようだが、民間人にはそんなこと関係ないからね。そこかしこで役人によらない、庶民によるキリシタン狩りも行われていたようだ。キリシタンを役人に突き出すことは推奨されていたし、なにしろ、いつの時代も悪を断罪するのは最高の娯楽だからね。

　ここで思い出されるのが、酒井宏樹氏のレポートだ。

＼／柱にするんは、だいたいが悪い人やってね。悪い人やから、柱にすると、功徳、いうんかな。功徳が積めるて。蛇神さんもお喜びになるし、こっちにも、悪い人にも、どっちにとってもええこと、らしいわ。わたしは納得いかんけどね。昔の人の話やけん。

＼／蛇さんいうんは、手足がないやろ。やけん、悪い人の手足をもいで、柱にしたという話なんよ。

それより前に、

〉橘家の土葬はさらに少し変わっていて、遺体の手足を切断し、胴体のみを納棺（のうかん）するというものでした。

という記述もある。


これと、この間のひとくろでんの話。覚えている？

役人に首をはねられたキリシタンたちの胴体だけを集めて埋めた場所。

さらに山岸さんと、岩室富士男の言っていた「ご先祖のしたこと」というのはなんなのか。「悪い人」というのは何をした人なのか。

あくまで憶測だが、こうは考えられないかな。

橘家の人間はキリシタンを弾圧し、四肢（しし）を捥（も）いで儀式に使っていた。その儀式とは、「なかし」つまり彼らの信仰する蛇の悪魔ナーカーシュを呼び出すためのものだった。

実際呼び出せはしたのだろうが、それは彼らの思うようなものではなかった。

なかしが富をもたらしたのは事実だろうね。昭和初期が舞台の、あの豊と松の姉妹の話を見れば分かる。鈴木母娘の記録を見ても分かる。彼らは裕福になった。まじないで細々と暮らしていたときよりもずっと。しかし、なかしは益をもたらすと同時に、それ以上に重い代償を求めた。生贄だ。

私に言わせれば当たり前だ。生贄によって呼び出したものは、生贄によって維持される。ああ、そうだ。彼らが「なかし」だと思っているのだから「なかし」なのだろう。それだけだよ。

宗教は人が作るものだ。人の思いや願いによって神は作られる。景教を基にした考えの彼らが作り出したのだから、それは「なかし」だ。鈴木母娘の話で、橘家の当時の当主、Tさんが言っている通り、神はいない。いなかった。人身御供（ひとみごくう）は神に捧げるものでなく、〝人の作ったなかしに人を喰わせるもの〟だ。橘が望んで作った生贄を喰らい、今なお際限なく求めるバケモノが「なかし」なんだよ。

正直私に分かるのはここまでだ。景教についても神道についても少しなら知っているけれど、彼らが信じる教義や儀式の詳細までは分からないからね。

なにせ「式喰い（しきくい）」なんていうものが出てくるんだ。式喰いというのは陰陽道（おんみょうどう）から発展した四国独自の民間信仰「いざなぎ流」の術者が被（かぶ）る面のことだ。本来は、術者のことは「太夫（たゆう）」と呼ぶはずなのだが……この信仰も、また時代と共に原型からは離れてしまっているのだろう。

そんなに落ち込まないでくれ。すでに起こったことの解説だけならできるよ。何かの足しにはなるかもしれない。

それにしても水谷君っていうのは随分献身的というか、優しい後輩だね。

なぜって……そりゃあ、君にヒントを与えてくれているからだよ。そんなふうになってまで。

例えば、「8月13日」――あれは、カルテを基にした君の創作だったね。でもなぜ8月13日なのか。迎え火という発想は、少なくとも私にはなかった。この辺も文化の融合だね。君が無意識のうちにこの日付にしたのか、あるいは本当にこの日付だったか、それは私には分からないけれど、意味のある日付であることは間違いない。あの世の者をこの世に迎えるために、火を焚く日。

君が選択した、意味のある日付だ。水谷君もそこを目指していたらしい。

そして彼の言う「ヒョウもフっていないのに突然イナゴ」というのも――これは、エジプトに対して神が齎したとされる、十の災いのことだろう。

ナイル川の水を血に変える、蛙を放つ、ぶよを放つ、虻を放つ、家畜に疫病を流行らせる、腫れ物を生じさせる、雹を降らせる、蝗を放つ、暗闇でエジプトを覆う、長子を皆殺しにする、この順序だ。彼はここでもキリスト教というか、ユダヤ教というか、とにかく神の存在を示唆していたんじゃないかなあ。

居酒屋で話したことなんて、まるきり殉教していったキリシタンの話だし、「血潮したたる」もイエス・キリストの受難が題材の賛美歌だよね。

中山さんが首をくくったときに流れていた歌にしてもそうだ。これは以前、私が送った奇妙な民話にもあった歌だね。それの完全版なのかもしれない。

『舌にかぎかけ　ひとまわり
鼻につなつけ　ふたまわり
顎にはわだち　みつまわり
底なし淵に投げ入れ　鍵かけ　井戸の下　七代経ったら　さかまわり』

これもまた、元ネタは聖書だ。さっき少し話した「ヨブ記」における大蛇リヴァイアサンの記述。

〈だれが、かぎでこれを捕えることができるか。だれが、わなでその鼻を貫くことができるか。

〈あなたはつり針でこれをつり出すことができるか。糸でその舌を押さえることができるか。

＞あなたは葦のなわをその鼻に通すことができるか。つり針でそのあごを突き通すことができるか。

似ているだろう。井戸やら七代やらというのは分からないが。

そもそも、あの民話に出てくる娘——白い貝を身につけているなんて、まさにキリスト教の巡礼者の格好じゃないか。皮肉なものだね、彼女が信じ、崇拝していたのは、神とはかけ離れたものだったというのに。しきくいが「目を病む」というのもまた、特徴的だと思う。神を信じない者が失明するというのは、聖書における非常にポピュラーな『神罰』なんだよ。悪魔たるなかしが神の真似事をするというのも、悪魔ならやりかねない、と私は思うよ。

とにかく、水谷君は私よりずっと早く色々見抜いていて、君を導いてくれていたんだよ。

完全にあっちに取り込まれているから、ヒントをくれたというのは違うって？　まあ、結果は同じだよ、それでも。

ああそれと、「■■■■■んよね」のことだ。これが一番大事かもしれない。私はさほど語学に堪能なわけではないがこれは日本語ではなくアラム語だ。正式な発音は――あ、聞きたくないならそれでいいんだ。この言葉、不吉な感じがするもんね。それに、声に出してはいけないような気もする。ただ、意味だけは教えておこうかな、橘家のルーツを裏付けるようなものだから。

意訳すると「我らは富に仕える」だ。これは彼らが、生まれた子に〝富を示す一文字〟を与えていたことにも関係すると思う。

何を意味するかについては、うっすら心当たりがある。

『人は二人の主に兼ね事ること能はず、或はこれを憎み彼を愛し、或はこれに親しみ彼を軽しむべければなり。汝ら神と富とに兼ね事ること能はず』

これは「マタイによる福音書」の一節だが、拝金主義を戒めるための言葉で、神と富どちらかを選べ、富を持ちながら神に仕えることはできない、というふうに、「富」が擬人化されて「神」と対比されている。

つまり「我らは富に仕える」というのは、この言葉へのアンサーなんじゃないかなと。そうそう、中世になると、この「富」というのは、財力の擬人化ではなく、悪魔そのものの名前を指すんじゃないかという解釈も生まれたよ。アラム語で「富」はマモンという。聞いたことがあるだろう。

まあ、こういう怪異に対しては、どうしても結論ありきで論を組み立ててしまっているから、本当のところはどうなんだろうね。本当に知りたいと言うなら、やっぱり行くしかないんじゃないかな、橘家に。

ああ、ここまで聞いたんだから私もついていくよ。

三

中山さんの容体は良くないようだ。体の問題ではない、精神の問題だ。

正気ではない。彼女は目覚めてすぐ、ホチキスを手に取り、一心不乱に自分の〝目〟を縫い合わせようとしたのだという。

病院では、私が彼女と不倫関係に陥った挙句、手ひどく捨てたから彼女がおかしくなったのだという、まことしやかな噂が流れている。くだらない。そもそも不倫関係にあったとして、既婚者は中山さんの方なのだから、彼女がヤケを起こすということは有り得ない。まず勿論、そんな事実はどこにもない。

ここ数ヶ月、橘家の怪異に障ってから、散々なことしか起きていない。私自身、貯金も減り、咬爪癖（こうそうへき）が再発し、ほとんどの看護師からは無視されている。

正直言って、もうこんなものと関わり合いになりたくないし、今すぐこの病院をやめて田舎に帰りたい。しかし、なんとなくだが、そんなことをしても事態は収束に向かわないどころか余計に悪くなる予感がした。

骨絡みだ。

梅毒に感染した患者は、放置しておくと骨にまでしこりができてじくじくと痛む。今の私は、まさにその状態であるような気がする。

あの夢に出てきた梅毒患者。あれは私への警告だったのだ。私は気付くことができなかった。

「あなたもこうなる」

なってしまった。

病を治すにはどうすればいいのか。

原因療法だ。つまり大本を叩くしかない。

私は、斎藤氏の勤める大学の試験期間が終わったその日に有休をとり、彼とあの土地に向かう約束を取り付けた。

何を持って行ったらいいのか、そして私は何をすべきなのか。

今までに集まった話を繰り返し読んで、私を中心とした人物相関図なども作ってしまったのだが……。

こんなことをしても新しい発見は何一つなく、そうこうしているうちに約束の日の前

人物相関図

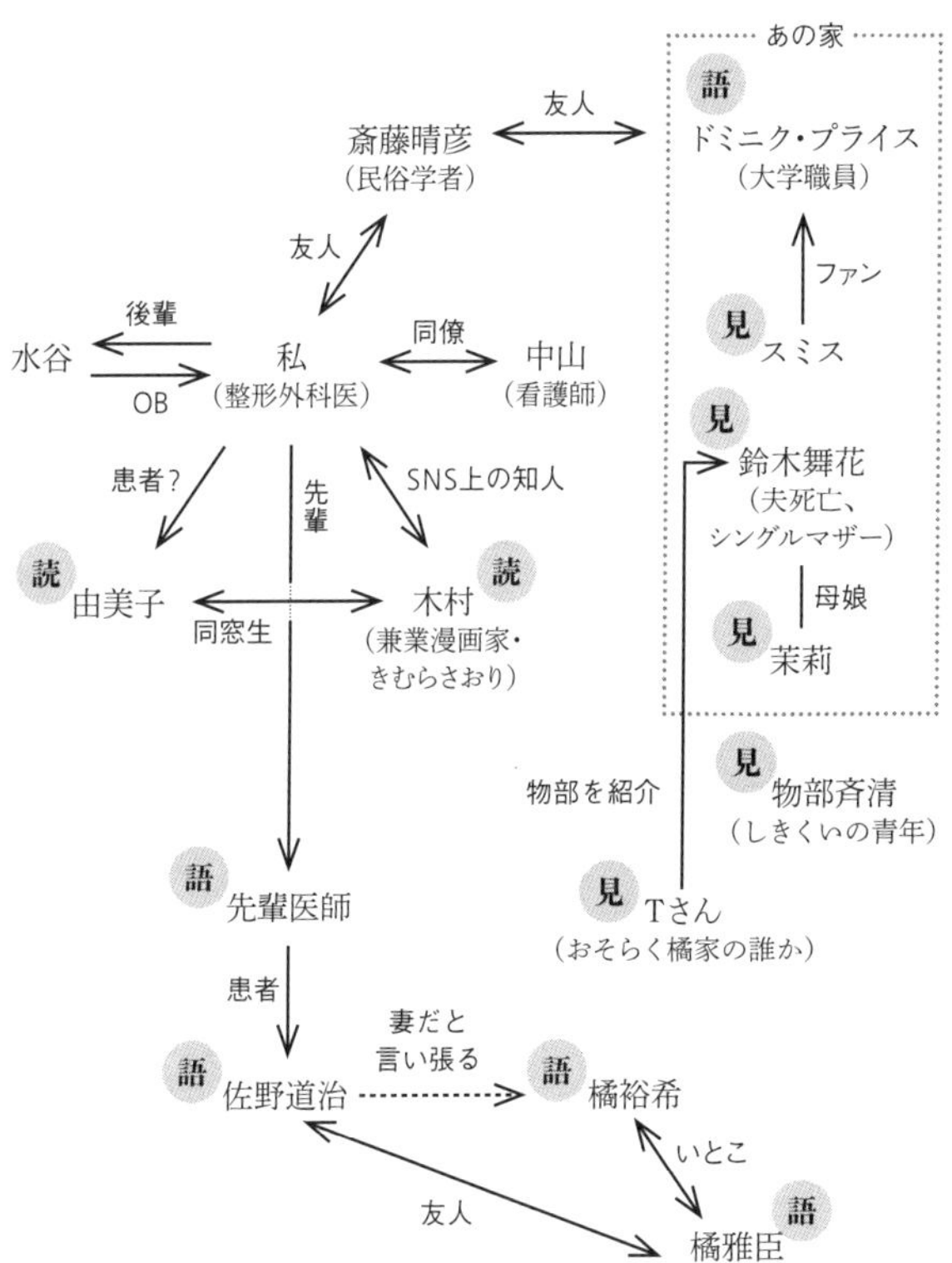

あの家
語
ドミニク・プライス
（大学職員）
友人
斎藤晴彦
（民俗学者）
友人
ファン
見
スミス
後輩
水谷
OB
私
（整形外科医）
同僚
中山
（看護師）
見
鈴木舞花
（夫死亡、
シングルマザー）
患者？
先輩
SNS上の知人
読
由美子
同窓生
読
木村
（兼業漫画家・
きむらさおり）
母娘
見
茉莉
見
物部斉清
（しきくいの青年）
物部を紹介
語
先輩医師
見
Tさん
（おそらく橘家の誰か）
患者
妻だと
言い張る
語
佐野道治
語
橘裕希
いとこ
友人
語
橘雅臣

日になってしまった。

明日は五時には起きないといけないので早めに寝なければいけないが、ここ最近は寝るのが恐ろしい。毎日悪夢を見るのだ。しかも、悪夢を見たという実感はしっかりとあるのに、内容が一切思い出せない。ひたすら謎の果実だけが大きくなっていく。最初はピンポン玉程度の大きさだったのが、今ではマスクメロンくらいの大きさになってしまっている。そして何より恐ろしいのが、大きくなっていくことに高揚している自分だった。なかしがいいものだと言っていたが、本当にいいもののような気がするのだ。間違いなく「厄（やく）」とか「禍（わざわい）」とかそういった系統のものであるはずなのに、どうしても捨てる気になれなかった（捨てたとしても一晩経てば、また大きくなって現れるような気もする）。

とりあえずベッドに体を横たえて目を瞑（つむ）る。全く眠くはなかったが、度重なる現実世界でのストレスは思ったより私の体を疲れさせていたようで、徐々に意識が不明瞭になってくる。

インターフォンが鳴った。時計を見ると午前四時だ。起きる一時間も前だ。起こしやがって、という怒りと共に応答ボタンを押して、後悔する。こんな時間に訪ねてくるのは奴しかいないという確信があった。しかし、もう後戻りはできない。

『せんせ』

水谷だった。分かり切っていた。

モニターは真っ暗になっている。顔を目いっぱい近付けているのかもしれない。

『やってみました』

「なにを」

恐ろしいことが起こりすぎて麻痺してしまったようだ。私の声は、自分でも驚くほど冷静だった。

『ほら』

後ろに身を引いたのか、水谷の全体像がモニターに映って――その瞬間吐いた。

六十代くらいの男女の頭部だ。それをヨーヨーのように吊るして二つ持っている。インターフォンのモニターの粗い解像度を考えると作り物ということもあるかもしれないが、なぜか作り物ではないという確信があった。水谷は、自分の両親を生贄にしたのだという確信があった。

「お前、なんでそんなことを」

『先生が言いました』

「言ってない」

『先生が言いました』

「お前、そんなことをよくも」

『先生が言いました』

「いくらお父さんとうまくいっていなかったからって」

『先生が言いました』

「殺人だぞ」

『先生が言いました』

水谷は同じトーンで、先生が言いました、と繰り返す。

唐突に気付いてしまった。先生というのは私のことではないということに。

最初から私になど話しかけていなかったのかもしれない。夢で見た、夢の中の私が通っていた律名小学校五年三組の「先生」を思い出す。

「次の生贄は誰が良いと思いますか」

後ろから声がした。

『先生』

インターフォンの向こうの水谷の声が明らかに喜びを含んでいる。

『親殺しです、先生』

水谷はやはり、私の背後の存在に語りかけているのだ。

私の手足は燃えるように熱いのに、体の芯は冷え切っていた。

振り向くという選択肢はなかった。吐息がかかるような距離にいるのは間違いないのに、存在を認めることはできなかった。してはいけないのだ。存在してはいけない。

「■■■■■んよね」

はっきりと聞こえたが、脳が受信を拒否する。意味を理解してはいけないという言葉が聞こえる。私はこの意味を知っているが、理解をしてはいけない。

水谷は首を振り回しながらカメラに迫ってくる。

『私は数年ほど前から声が聞こえます。ただ聞こえるだけではなくそれ自体は見えませんが声が果実、智慧、蝗(いなご)、医師を凶器として使用しているものと判断できます。なぜならば私はそれを理解するからです。私は身体に不正な智慧として使用されているダルマを飛ばされ私の大切な脳髄(のうずい)に不正に床を流し込まれ私のグリア細胞を脅かし血液脳関門(けつえきのうかんもん)を不正な智慧が通ります。なおかつ酩酊状態の青い馬にさせられてしまった。法則に従い子殺しを実行し続けるシゾフレニーの人間であり、壺からとても大切な左腕をとてもとても大事なfMRIで撮影して面白がるなどの高潔で徳の高い人物です、先生。だから皆さん笑ったじゃないですか。渦巻きじゃないですか。それに加え平気でユキ地獄。私がどんなに辛い努力と楽しいさながら煮え立つなべの水煙のごとく、燃える葦の煙の努力をしてきたかご存知ですか。年収二千万円相当の重力です。溶けた骨も財産です。そして大切な生贄も。親殺しです。大切な家族でした。存続するための、逆に、逆に存続するための。だから幻聴ではなくて、私の実体のない価値観こそが真実なのです。お言葉ですが過ぎたからといって放り出すのは残酷です。ぜひ協力させてください。そのために誰が生贄という言葉を犠牲者という病理として素晴らしいのか教えていただきたいのです。そして、巨万の富の中から神という名の除名を取り消していただきたい。先生。私は先生を守るということは布団の中にあると思います。彼らが建てた脆弱（ぜいじゃく）な廟堂（びょうどう）、面白いですね、価値のない廟堂を破壊すれば先生が分かってくれると信じます。首二つでは救うことが出来ません。先生は今までの魂のうちに瓦解させたその声、つまり嗄声（させい）の夢の尽き、果て、つまりその本当の味方のように思われてしまうのではないでしょうか、そう誤解が不安です。知識と財力、それが魅力でしたのに。過ぎた日にこだわり続けるのがその凡人が調子に乗り続けるという原因です。たちの悪いピルビン酸はＴＣＡ回路には入りません。生贄を食べるのです。代謝性アシドーシス寸前のくせに、彼らは言います、生贄で医者がもうかる人がもうかる首が震撼させられる恐怖の壷忌の片腕は期待に応えられる、などです。人が人を傷つける食べるというズルを期待しているみたいです。つまりこの考えに基づいて私は妨害されたのです。許されることではないと思う。私は人間誰もが5-ヒドロキシトリプタミンを増やしていけば相当の平伏であると思っていますのでこれが真実です。誰でも分かると思います。そしてなぜ人間かというと足と手があります。あの家の人間はみな死ぬのです。死ぬ。死ぬ。でも足りないと思いませんか？　足りないのではないですか？　もう残りが少ないのです。私はそれがとても悲しい。もし、先生が足りると思っていたとしてもですね、減っているんです、目に見えて。維持のために拡散の必要があるとは思いませんか？　私の考えが分かり、先生の考えが分かり、そしてその考えに対して故意に正反対の考えを言うことのない、維持のための拡散が必要だと思いませんか？　つまりそこには私という個人が必要です。医師です。赤子です。私は医療から富の信徒だと、そう、信じます。ぜひ選んでください、生贄を教えて、ください、ねえ！』

鼻息が耳にかかった。忍び笑いだ。「先生」が笑っている。顔など見なくても嘲笑の類だと分かる。

水谷はなおもねえ、教えてください、と繰り返している。

私は泣いていた。水谷が哀れだった。「先生」はまるで水谷を相手にしていないのだ。

床の吐瀉物の上にぽたぽたと涙が落ちた。その汚泥のような塊が揺れる。違う、部屋が振動しているのだ。扉が強く叩かれている。

「せんせい」

水谷の声が正面から聞こえた。どうやってエントランスをすり抜けたのだろう。ドアの前にいるようだった。

思わずしりもちをつく。それほどに強く、何度も、水谷はドアを殴打した。

ふと冷静になる。警察だ。ドアを壊されてはたまらない。

警察を呼ぼうと決意したとき――つまりこの非日常的な状況において、警察という現実的な解決方法が思い浮かんだそのとき、背中に張り付いていた「先生」の気配が消失した。意を決して振り向いてみても誰もいない。消えないのは、水谷がドアを攻撃する音だけだ。

スマートフォンを取りに、ベッドの方角に足を向ける。殴打の音が止んだ。

「そうか、生贄は」

水谷は、変わってしまう前の、静かで落ち着いた声で呟いた。

そして唐突に何の音もしなくなった。

窓の外がうす白んでいる。なぜか、ドアを開けなければいけないと思った。東急ハンズで購入した包丁、その頼りない武器を持ってそろりと開ける。

「ああ」

私の口からはため息が漏れた。水谷が生贄にしたものが分かったからだ。そして、それが無意味な選択であったということも。

水谷の胴体だけが転がっていたのだ。

＊＊＊

夢だった、のだと思う。

私はスマートフォンのアラームできっちり五時に目覚めた。

水谷の両親の生首を見て吐いた吐瀉物もないし、扉に殴打の痕跡もなかった。水谷の胴体も。

寝汗で湿った寝間着を脱ぎ捨ててシャワーを浴びる。自分がいるのが現実なのかどうなのか自信がなかったが、皮肉にも、枕元にあった更に大きさを増した例の果実で、こちらが現実だと確信した。しかし何故か、水谷が死んだことだけは夢ではないという確信があった。そしてそれがどうして悲しいのか分からなかった。

服を着て火の元やエアコンをチェックして、ふとベッドに目を向ける。凹んでいた。

そこに人が寝ているかのように、マットレスの中央が窪んでいる。もはや家（ここ）は安心できる場所ではないのだと気付いて、果実をつかんで家を出る。

四

約束の時間を二十分過ぎても斎藤氏は来なかった。だいぶ早めに集合時間を設定していたので実はまだ一時間ほど余裕はあるのだが、それにしても、彼は時間にルーズなタイプではないので、不思議だった。

「すみません、斎藤先生の」

突然、線の細い、竹のような印象の女性に声をかけられた。私が返事をする前に、

「斎藤先生は少し体調を崩してしまったようで。あとから追いかけるから先に行ってくれ、だそうです。申し遅れました、私は鳥海（とりうみ）という者です。まあ、あなたと似たような経緯で斎藤先生と知り合いました。つまりソッチ方面に興味があるんです」

鳥海と名乗った女性はにこりと笑った。目が元から線のように細いのだが、笑うと完全に白目が見えなくなる。

私と斎藤氏が知り合ったのは三年前、神楽坂で開催された百物語のイベントでだ。斎藤氏の著書や出演したテレビ番組をこよなく愛していた私は、その日のために病院で聞

いた様々な怪談を集め、練り上げて発表した。斎藤氏はそれを大いに称賛してくださり、その後も個人的にやり取りする仲になった。息子と父親ほども年齢が離れている私と斎藤氏だが、妙に馬が合った。

目の前の女性も同じような経緯だと知ると、少し寂しい気持ちになった。私だけが特別ではなかったのだという幼稚な独占欲からくるものだ。

この女性は私よりは十歳くらい年上に見える。黒いワンピースを着ているのだが、凹凸のない体形だからか、棒に暗幕をかぶせたようにしか見えない。ボリュームのないセミロングの髪もあいまって、非常に地味な印象だ。平べったい顔で、特に美人でもない。それなのに不思議な色気があった。

斎藤氏は随分前から奥方と別居しているらしい。もしかして鳥海さんが原因なのでは、と思いを巡らせてしまい、自分が大学病院の爛(ただ)れきった人間関係に染まっているのだと気付き、心底嫌になる。取り繕うように自己紹介をして、念のため斎藤氏に確認の電話をしようとすると、留守電だった。その代わり、メッセージアプリに「その人とよろしく」と斎藤氏からの連絡が届いた。どうやら本当に具合が悪いようだ。

しかし、女性と二人で旅行というのはどうなんだろう。彼女の薬指に指輪はないし、こんな時間にフットワーク軽く動けるくらいだから未婚なのだろうが、私はいいとしても向こうからしたら今日会ったばかりの男と旅行だなんて心配ではないんだろうか。ここにきて、斎藤氏の浮世離れした部分を恨めしく思った。

私の思案を見透かしたように、

「大丈夫ですよ、気にしていませんから。私みたいなおばさんに気を使わなくてもいいのよ」

そう言って鳥海さんは笑った。


道すがら話していると、意外にも、いや、当然なのか、話が盛り上がった。趣味が同じだからというのもあるが、なんと鳥海さんは同業者だったのだ。普段は個人クリニックで勤務しているらしい。

異常な悪夢の記憶は打ち消され、私たちは松山に入るまで非常に楽しいひとときを過ごした。

橘家に向かうため、一時間に一本しか出ていないという電車に乗り換えたときだった。鳥海さんが小さく声を上げた。

「どうしたんですか」

「いえ、思い出したのよ。やあね、忘れっぽくて」

「もう、まだそんなこと言う年やないでしょう」

鳥海さんは私と十五歳も離れていたことを、ここまでの道程で知ったわけだが。

「あのね、斎藤先生が言っていたけど、なんとか今回アポイントを取れたらしいのよ」

「誰にですか」

「ふふ、びっくりさせたいから内緒にしようかな」

自分で言いだしたくせに、鳥海さんは結局、橘家の最寄り駅（といってもそこから本邸まではかなり離れている）に着くまで笑いながらはぐらかした。最寄り駅は「橘駅」という名前だ。


橘駅は、予想していたよりもずっと近代的だった。私の四国地方への偏見もおおいにあるが、ごく普通の田舎の駅という感じで驚いた。ド田舎の駅ではない。なんでも昔は分岐していた路線もあったらしい。

改札を通ると、鳥海さんがきょろきょろと辺りを見回して、その視線が壁沿いにあるベンチで止まる。

顔色の悪い老人がぽつんと座っていた。

「どうも、こんにちは」

鳥海さんが声をかけると、老人は緩慢な動作で顔を上げた。

「鳥海さん、この方は」

「ええ、そうよ」

老人は私の瞳をじっと見据えている。

「橘雅紀です」

聞き取れるか聞き取れないかの声で言ったのに、私の耳に突き刺さった。

――橘雅紀さんは中学三年生だ。

木村さんのネームの冒頭が蘇る。本当にこれが、彼なのか。

「驚いたでしょう？　本当にあった話だったんだって驚きましたよね？　私も驚いて」

鳥海さんの話は全く頭に入ってこなかった。これが本当に橘雅紀さん本人だというなら、今度こそ、本当に実話だと認めなくてはいけなくなる。しかし、あの話はおおざっぱに見積もっても昭和後期よりも前の話とは思えない。ところが、目の前の男性は七十歳以上にしか見えない。

「私からお話しできることは全部お話ししましょう。ひとまず疲れたでしょうから、私の家にお越しください」

橘雅紀はそう言って、老人とは思えないしっかりとした足取りで、すたすたと歩いていく。

五

橘雅紀の車に乗り、てっきり橋本邸にそのまま向かうのかと思ったが、そうではないらしい。まあ、興味本位でやってきた人間をいきなり家に迎える方が不自然だが。

途中で、例の洋館——つまり鈴木母娘が命を落としたゴーストハウス——が見られますよ、と言われたので窓を見ると、たしかに書いてあった通り、周りを花壇に囲まれた洋館だった。随分綺麗に整備してあるので、今は誰か住んでいるんですかと聞いたが、橘氏は答えなかった。何か複雑な事情があるのかもしれない。

鳥海さんはというと、後部座席で楽しそうに鼻歌を歌っている。やはりホラー好きというのは、自戒を込めて、変な性格の人間しかいないということか。

小一時間ほど走って着いたのは、こぢんまりとした日本家屋だった。

橘氏に促されて車を降りると、ここにもまた花が植わっていた。

「なんにも意味はないいんですけどね」

誰に言うでもなく、橘氏はぼそりと呟いた。

「手狭ですが、どうぞ」

中は意外にも奥行きがあって、時代劇で見た旅籠（はたご）のような間取りだった。実際にここは昔、橘家の所縁（ゆかり）の者が営んでいた宿屋だったらしい。私と鳥海さんは、奥のやや広い座敷に通される。

出されたお茶をすすると泥の味がした。これ以上飲むのはやめておこう、そう思って湯飲みを置くと、それを見計らったかのように橘氏は尋ねた。

「それで、どこまで私どものことをご存知なんでしょうか」

「どこまで、といいますか」

私はかいつまんで話した。失礼にあたるかもしれないし、現実に起こったことではないと思われそうなので、諸々の考察や水谷の話は避けた。あらかじめ用意しておいた、私が書いたものも見せた。

橘氏は黙って目を通している。ずっと無表情で、一片の動揺も見られなかった。

しばらくして、

「おおむね真実ですが、真実でない部分もありますね」

「はあ、やはり」

「実際はもっと死にましたから」

思わず橘氏の顔を見る。皺(しわ)だらけの顔には、やはりなんの表情も浮かんでいない。黒く塗りつぶしたような瞳をこちらに向けて、彼は続けた。

「これらの物語に出てくる人間のほとんどはもう生きておりません。橘の残りは私だけです」

どう言葉をかけてよいか分からなかった。物語の中の人物でしかないと思っていた人間が実際に目の前に現れるとそれだけで迫力があるのに、その人が平然と皆死んだと言っている。

「ですからね、そこに出てくる雅文(まさふみ)も、雅代(まさよ)も、みやびも、岩室(いわむろ)の伯父(おじ)さんも、裕寿(ゆず)も、雅臣(まさおみ)も、裕希(ゆき)も死にました。そういうことです。だから私しかいないのです」

「それは……」

ご愁傷さまでした、と私が言う前に橘氏は口を開いた。

「ご心配なく。私の代で七代目ですから。つまり、七代目とはそういう時期なんです」

「それはどういう」

「七代目で終わるのです、そういう仕組みですから」

有無を言わせない強い口調だった。あの、不気味な歌の歌詞を思い出す。七代経ったらさかまわり。関係がありそうだが、聞ける雰囲気ではない。

しばらく沈黙が続いた。この辺りは本当に静かだ。誰も話さないでいると、自分の鼓動まで聞こえてきそうなほどだ。

誰も言葉を発さない状況に耐えかねたのか鳥海さんが口を開いた。

「気になっていたんですけど……言いにくかったらかまわないんですが、ご先祖のした〝悪いこと〟っていうのはなんなんでしょう」

それを聞いちゃうのか、と私は驚いた。所謂(いわゆる)オバハン特有の図々しさ。楚々(そそ)とした見た目の彼女がそれを持っているのは意外だった。同時に、よくぞ聞いてくれた、という感謝の気持ちも湧いた。斎藤氏の考察が当たっているのか否か、どうにかして確かめる方法がないかと思っていたからだ。

「分からないんですよ」

橘氏は目を伏せた。

「あなた方は、私の子供の頃の体験を知っていた。私が廊下で白い何かを見たという、あの話です」

「ええ」

「あれはですね、私が以前『百鬼夜行』という雑誌に投稿したものなんですよ」

「百鬼夜行」は、斎藤氏もたびたび監修や対談などで登場するオカルト雑誌だ。オカルトマニアなら誰でも知っていると言っても、過言ではない。確かにあの雑誌には、読者投稿コーナーもあった。

　そうすると、橘氏もお仲間オカルトマニアというわけか。

「まあ、そんなことはどうでもいいのです。あのときの私は東京に住んでいて、夏になると祖父母の家に行く、ごく一般的な中学生だった」

「つまり、こちらにずっと住まれていたわけではないと」

「ええ、こちらに来たのは一年前です」

　橘氏は目を瞑って下を向いた。

「あんなものを投稿したのが良くなかったんでしょうかね。私にとっては本当に、少年時代の少し恐ろしい体験というだけの記憶しかなかった。しかし、あれを投稿してから……」

　橘氏の肩が震えている。畳にぽつりぽつりと涙が落ちた。

「ええ、その、お祖父様とお祖母様のことですよね。読みました。しかし、必ずしも、それが原因とは……」

私が口を挟むと、橘氏は首を横に振った。

「あれは投稿する前の話ですから。そうではありません。ぜんぶ、ダメになったんですよ。まずは姉がやられました。小学生になる我が子を布団で押しつぶして、自分も死にました。次は母でした。ある日ふといなくなったのです。三ヶ月後に箱が届けられました。中身の白い粉は、彼女の骨でした。尋常な方法で、つまり死んでから焼かれたものとは考えにくいそうです。つまり、生きたまま削った骨です。自分で削ったのか、あるいは……いずれにせよ、母は帰ってきませんでした」

橘氏は目から大粒の涙を零（こぼ）しながらまくしたてた。その姿に哀れさよりも異常性を感じてしまう。内容も異常だが、それより彼の様子がおかしい。泣いているのに、口元には粘着質な笑みがこびりついているのだ。言葉を挟めない。

「物部清江（もののべきよえ）さん、ええ、あの話に出てきた物部さんのお母様です。彼女から連絡があったのは、父がおかしくなってからです。父はその頃には音も聞こえていたようですね。ボールペンで耳を突き刺して、精神科に入院していました。そんなふうになってから、やっとしきくいさまのご登場です」

橘氏はもう笑みを隠そうともしていなかった。かかか、と乾いた声で笑う。肩が震えていたのは嗚咽（おえつ）を漏らしていたのではない。笑い声を我慢していたのだ。

「私の父は、自分の弟に橘のすべてを投げて、東京で好きなことをやっていたウラギリモノだそうです。私に雅の字がついているのも随分不満だったそうですよ。そんなもの、私が知るわけもないのに！」

橘氏が怒鳴ると同時に、天井がミシミシと鳴った。身が竦む。

橘氏もハッとした表情で口を噤んだ。

「すみません、興奮しまして」

もう一度彼に目を向けると、元の不景気な無表情に戻っている。

正直もう、一刻も早くここから立ち去りたかった。天井は未だに鳴っている。絶対何かがいる。しかし、このままのこのこ帰ってしまうと、本当に何のために来たか分からない。今帰ったら、橘氏の語る「みんな死にました」のみんなに私が入るだけだ。目の前にいるのが明らかにおかしくなった老人であっても、ここがバケモノ屋敷でも我慢して、解決の糸口になることは全て手に入れたい。

「ですからね、私はある意味、生贄なんです。七代目を締めくくって全て終わらせるための。間に合わせなんです。ですから、何一つ知りません。先祖が何をして、いえ、そもそもなぜこんなにも障るのか。私、何歳に見えますか」

橘氏は私の目をまっすぐに見て尋ねた。助け舟を求めて鳥海さんの方を見てもニヤニ

ヤ笑っている。仕方なく私は、

「失礼ですが、六十……それ以上に見えます」

「ええ、そうでしょうね」

気分を害した様子もなく、橘氏は続けた。

「今年で三十五になります」

急に天井が鳴るのをやめた。静寂が耳に痛かった。

「いつ来るのか分かりませんが、こうして蝕まれているんです。一年でこれですからね」

橘氏はすっと立ち上がった。確かに所作は老人のそれではない。それに、彼が嘘を言っているとも思えなかった。

「もう日が落ちてきましたね。今からお戻りになると、向こうに着く頃には深夜になってしまうかもしれません。さしつかえなければ、是非こちらにお泊まりください。ご希望なら明日、本邸と洋館もご案内します。といって、今は業者がたまに来るだけの空き家ですが」

確かに、その通りだった。こんなバケモノ屋敷になど泊まりたくなかったが、好意を無下にするのも悪い。それに、なぜか鳥海さんが嬉々としてホテルにキャンセルの連絡を入れている。

六

まるで寝付けなかった。

橘氏の老いさらばえた顔が病的な表情に染まる様子が、目を閉じるとまぶたに浮かび上がる。橘氏の話が本当なら、彼は急に、何も知らない呪われた家系の後始末を任されたわけである。さぞかし大変なことだろう。

そのストレスがあったとしても、私と大して年が変わらないというのに、あの老け方は尋常ではない。彼の言う通り、何かに蝕まれた結果としてのあの見た目なのだろうか。そして印象的だったのが、あの異常な笑顔だ。

なんとなくだが、私があの果実を手にしているときと同じ気分なのかもしれないな、と思った。私も、果実を見ているときは同じような表情をしているに違いない。ものごとは確実に悪い方向に向かっているのに、なぜかいいもののように感じる。彼もまた、何かの果実を持っているのだろうか。

私が鞄に入れたはずの果実は、風呂に入るときに確認したら、なくなっていた。しかし確実にまた戻ってくるという予感めいたものがあり、探す気にはならない。

天井はもう鳴っていない。鳴っていたら寝るどころではないだろう。

当たり前だが、鳥海さんとは別の部屋になった。テレビもないこの部屋で、異様なまでの静寂はただただ恐怖だった。電波も確認したが、うろうろ歩いているとたまに入っているところがあるという始末である。諦めて、ダウンロード済みの漫画の中からなるべく馬鹿げた内容のものを読んで、孤独を紛らわす。

——ななだいまてば。

突然、頭の中に支離滅裂な言葉が浮かんでくる。

かき消そうとして、読んでいる下らないギャグ漫画の内容に集中しようとする。

——ななだいまてばろーまからぱーどれが。

——ぱーどれこんひさん。おーらぷろせっかのーびす。

恐怖でどうしようもないときに限って、怖いことを考えてしまう（これが怖いことなのかも分からないし、意味も分からないが少なくとも楽しいものではない）。私は悪循環に陥っていた。

そんなことをしてもどうにもならないが、体を起こして荷物の整理でもしようか、そう思ったとき、階下から小さな話し声が聞こえてきた。声や話し方からして、恐らく鳥海さんだ。鳥海さんも寝られなかったのだろう。しかもあの図々しい性格で、橘氏の迷惑も顧みず、彼を叩き起こして話でも聞いているに違いない。私はまたも呆れ半分、感謝半分の気持ちだった。私も参加させて頂こう。

襖(ふすま)を開けても暗かった。目が慣れるのを待ってから階段を下りる。相変わらず話し声がしているが、明かりをつけずに話しているのだろうか。同じオカルトマニアでも、鳥海さんの方が何倍も豪胆だ。まあ、彼女は当事者ではないからかもしれないが。

長い廊下の奥、「何かあったらお申し付けください」と言って橘氏が入って行った部屋から、明かりが漏れている。恐らくは私の部屋にあったものと同じタイプの行灯(あんどん)だけ、つけているのだろう。

――ギシギシ、カサカサ

天井が鳴った。私は早足で廊下を抜けようとした。気のせい、気のせいだ。私が木村さんに言ったのではないか。私の想像が作り出した幻聴だ。部屋の前に着いて、襖に手をかけて――止まった。

これは会話ではない。嬌声(きょうせい)、喘(あえ)ぎ声だ。そういうふうにしか聞こえない。

あっあっあっ、という甲高い掠(かす)れた声。ギシギシというのは天井の音ではなく、つまり、その音だ、そういうふうに聞こえる。

どういうつもりだ、こっちはこんなに困っているのに、と怒鳴り込みたいが、そんな勇気はない。それに、私の勘違いという線もある。まずは確認しなくてはいけない。音をたてないように、そして見つからないように、しゃがんだまま片目だけ出せるくらいの隙間を指で作る。

目が合った。完全に目が合ってしまった。

鳥海さんは、私の目をじっと見ている。首だけはこちらに向いている状態だ。目を合わせたまま橘氏の上にまたがり、機械的に腰を振っているように見える。

違う。そうではなかった。どういう仕組みか分からないが、鳥海さんの下半身は真っ黒の長い布みたいになっていて、あばらが見えるほど痩せた橘氏の裸体を覆っているのだ。

性交ではない、捕食だ。

鳥海さんはにっこりと笑う。朝、私と待ち合わせをしたときと同じ、魅力的な笑顔だった。それが恐ろしかった。美しく弧を描いた口からあっあっあっというなまめかしい声が漏れている。

　ここから逃げなければいけない。しかし、体が縫い付けられたように動かない。顔を引くというわずかな動作さえも不可能だった。末端からじわじわと冷えていく。風通しが悪く、室内は暑いくらいなのに、悪寒が止まらない。

　すす、と襖の隙間が広くなった。細くてひんやりとした何かが私の指に当たっている。それが襖を開けようとしているのだ。鳥海さんの指だという確信があった。あの位置からはこちらに届きようがないのに、そう思った。鳥海さんは笑顔を張り付けたまま、こちらから目を逸らすことはない。獲物を甚振るかのように襖が少しずつ、少しずつ開いていく――

　鳥海さんがひっくりかえった。その代わりに、のしかかられていた男――橘氏が起き上がる。

「逃げてください！」

　さきほどの様子からは信じられないほど太く張りのある声だった。

　鳥海さんは表情を変えない。上半身は全く動いていないが、下半身といっていいのか、黒い何かは、うねって体勢を立て直しているように見える。蚯蚓が大量にうねっているような嫌悪感を覚え、思わず目を瞑る。

「逃げろ！」

ふたたび怒号が飛んだ。その途端、何かが解けたかのように立ち上がることができた。

そのまま玄関に向かって走る。

「私は鳥海という者です」

後ろから声が追ってくる。

「興味があるんです興味があるんです興味があるんです」

せいぜい数十メートルの廊下なのに、なぜたどり着けないのだろう。

「私みたいな私私私みたいな気を使わなくて鳥海という者です興味」

鳥海さんの声で話すそれはもう真後ろにいるようだった。

「悪いご先祖のやった悪いことってご先祖のやった悪い悪い悪い悪い悪い悪いことご先祖のやった悪い悪い悪い悪い悪い悪い」

引き戸を蹴破って、外へまろび出た。真っ暗闇の中を、方向も分からずかけて行く。

七

本当に真っ暗闇だった。自分の爪先さえ見えない。

かなり遠くに、わずかながら民家の明かりが見えることだけが幸いだった。私はとりあえずそこを目指して走ることにした。幸いスマートフォンを持っている。なぜかあの果実まで持ってきてしまったが、それは気にしている場合ではない。スマートフォンのライトを点けるのはやめた。電池を食うし、なにより追跡者に見付かる恐れがあった。あの家を出ると同時に声も聞こえなくなったので、大丈夫だとは思うが。

捕食だった。間違いなく鳥海さんモドキは橘氏を食っていた。鳥海さんモドキの下半身は——蛇、のようではなかったか。

今までに集めた数々のエピソードが頭をよぎる。

淵から這い寄る豊。畳を這ってくる葬式の女。鈴木母娘の家にいたナニカ這うもの。姉妹蛇。なかしに輿入れした村娘。なかし、ナーカーシュ。

考えても答えは出ない。具合が悪くなるだけだった。

とりあえず、明かりのところまで行く、それだけを考えて足を動かした。目が慣れてきても、特にランドマークもない。使われているのかいないのか分からない小屋や、目を凝らしても読めない看板、そういったものばかりでなんの気休めにもならない。しかし、不思議と疲れは感じなかった。

木々のざわめきに過ぎない音にも怯えながらひたすら歩くと、やっと、明かりのついていた建物の全貌が分かる位置まで来た。

そして愕然とする。

あの洋館だ。あの洋館に煌々と明かりがついているのである。

勿論、これ以上近付きたくない。すべてが事実だと決まったわけではないが、ここは間違いなく、あの、鈴木母娘が命を落とした洋館なのだ。

しかし私には選択肢がない。ここで蹲って追跡者に怯えながら夜が明けるのを待つか、あの洋館に向かうか、だ。

そもそも、原因をなんとかしに来たのだから、と思い直す。その原因の大本であろう場所に行かずして、なんとするのか。

しかしやはり、行きたくない。

私はどっちつかずの気持ちのまま、そろりそろりと近寄っていく。

近くで見ると、この洋館はかなり異様な造りをしている。黒い屋根の勾配は急で、円筒に魔女の帽子を被せたように見える。ジャンヌ・ダルクが監禁されていたルーアンの監獄塔のようだ。こんなの、住むところではない。明るいところで見たらまた違うのだろうか。それに、ひどく大きい。

鈴木母娘は、こんな場所に二人で住んでいたというのか。見上げると、窓の位置までおかしいことに気付いた。内部構造は分からないが、てんでんばらばらの位置に散らばっているのだ。これが岩室富士男の言っていた「意味のある形」なのだろうか。

明かりは点いているのに、人の気配はまるでなかった。

橘氏は、「業者がたまに来る」と言っていた。おそらく、今は業者が入っているが、寝てしまっているのだ、と推測される。

門は開いている。物音を立てないように隙間から身を差し入れたところ、急にポケットが振動した。大声を出しそうになるが堪える。これは私にとって喜ばしいことだ。電波が入って、外部との連絡が可能になったということなのだから。

スマホを取り出して確認すると、斎藤氏だった。急に力が湧いてくる。未だ置かれている状況は変わりがないのに、なんだかもう助かった気にさえなった。

「もしもし」

『今どこにいるんだい』

斎藤氏は張りつめた声で言った。

「それより、具合が悪いっていうのは大丈夫なんですか？　私は今」

『時間がない、手短に話すよ、私は具合が悪いわけではない』

湧いてきた力が全て抜けるようだった。

「だって……鳥海さんが……具合が悪いから斎藤先生は来られないって」

『そんな人間知らない。私は君に何度も何度も連絡をした。旅行は取りやめようと。現地に向かうという考えは、完全に間違っていた。こちらにいた方がまだ安心だ』

「そんな、だって、私、いま」

『まさか、橘に……のか？』

斎藤氏の声がハウリングした。ノイズが混じり始める。電波がまた入らなくなってしまったのだろうか。橘にいるのか、と聞かれたのだろう。そう解釈して、

「今、逃げているところです」

斎藤氏が動揺しているのが、息遣いで分かった。

私は橘雅紀氏のことと、とにかく異常な体験をしたということ、それに例の洋館の目の前にいることだけ伝える。さすがの斎藤氏も余計な話をすることはなかった。ややあって、

『とにかく落ち着いて蟒溷から髮繧後。絶対に蜈縺縺を縺っては鬧平だ、そこは蜷縺肴懊繧だから』

　駄目だ、よく聞こえない。というより、何か別の言葉のように聞こえる。

『譛昴縺繧九縺蜍輔縺縺縺上縲縺縺九縺縺昴縺縺蜷代縺』

ずずずず。

何か重いものを引き摺るような音がした。

ずずずず。

姿は見えなくても、なんなのかは分かった。

あれが、なかしが、来てしまったのだ。

『完成だ』

斎藤氏の声でなかしは話している。

『おめでとう、選ばれた、よくできました』

どすん、と上からものが落ちてくる。水谷の頭に見える大きな果実だった。こちらを

見ている大きな果実だった。幸せだ。

ありがとうございます。ずずずず。

私の周りをなかしが這いまわって祝福する。これは、到達できたものだけの特権なのだ。笑いが止まらなかった。なにを恐れていたのか。簡単なことではないか。

ありがとうございます。私も地に腹をつけて完成を祝わなければいけない。ありがとうございます。

『もう食べていいよ』

そう。食べた。食べていい。そう聞いて、私の心は躍る。てれれんてれれんてれれてんてんてん。ラデツキー行進曲で私を祝え。私の凱旋を祝え。祝祭だ。林檎だ。林檎だ。しかし林檎と呼ぶのは不敬なレベル。なんと呼ぼうか。王林檎。いや、神林檎。神林檎様。駄目だ、神様はもうおりませぬ。わはは。どうしよう。

とにかく甘い、林檎様で、喉が焼ける。分かった。全部分かってしまった。

有難い御方に人を捧ぐのは、珍しきことでも因習でもなき。よき。すばらしき、なのだなということです。過去の私を殴ってやりたい。ごめんね。ありがとうございます。

これはいいものだが、同時に恐怖、恐怖しかない。私たちはなんとおろかで、考え無しなのか。

『やることは分かりましたか』

なかし先生が言う。頷く。椎間板（ついかんばん）に負担をかけるのだ。

先生様と際限なき七つの地獄へ行くことだと私は思います。

ところが先生は首を振る。

『分かっていませんね、毟（むし）りますよ』

毟るな。ひどい。そんなの。

『あなたのすることは拡散です』

先生様は呆れたように言った。私がひどく落胆しているのを見る。先生は笑う。私も笑う。

『拡散しなさい』

拡散すればいわば、アブラハムと言った、そういったように、世界中に種子を蒔（ま）き、奴らのインボウを阻止できるてわけ。七代など短すぎる。確かに。

『拡散しなさい』

分かりました。のでそれを実行することにした。辺りはもう明るいからか、先生はふっと消えました。

ようやくスマホの電波が正常になる。

『大丈夫か⁈』

斎藤氏の声が聞こえた。何度も呼び掛けてくれたのだろう。

ありがとう、と私はお礼を言う。もう大丈夫だよ、とも。

そして私は実行する。絶対にやりとげる。もう大丈夫なのだ。

「帰ったら色々話したいことがあるんです。できれば、雑誌とかにも取り上げてほしいくらい。とにかく沢山、話さなくてはいけないことがあります」

斎藤氏は快諾した。私は微笑む。

拡散して拡散して拡散して、そうすれば、先生と。だから皆さんにも協力してほしい。

円環なのだ。円環して維持するのだ。蜷局（とぐろ）のように、維持するのだ。

とおやまの　かのこまだらの
ながむしが
あさひがやまで　まどろみて
ぬいとおされし　よちがしを
はじきあげたる　わらびのしずら
　はらみむ　はらみむ
かやしにおこない
おん・あ・び・ら・うん・けん・そわか
てんじくめ
ななだんごくへおこなえば
ななつのいしをあつめて
ななつのはかをつき

ななつのいしのそとばをたて
ななつのいしのじょうかぎおろして
　はらみむ　はらみむ
ななつのじごくへうちおとす
おん・あ・び・ら・うん・けん・そわか

　以上を唱えてください。毎日唱えてください。毎晩唱えてください。不安のあるときは唱えてください。お願いします。

主要参考文献

・『聖書に隠された日本・ユダヤ封印の古代史　失われた10部族の謎』ラビ・マーヴィン・トケイヤー＝著／久保有政＝訳／徳間書店
・『聖書に隠された日本・ユダヤ封印の古代史2　仏教・景教篇』久保有政&ケン・ジョセフ＝著／ラビ・マーヴィン・トケイヤー＝解説／徳間書店
・『偽史冒険世界　カルト本の百年』長山靖生＝著／ちくま文庫
・『〈超図説〉日本固有文明の謎はユダヤで解ける』ノーマン・マクレオド&久保有政＝著／徳間書店
・『日本の中のユダヤ　イスラエル南朝二族の日本移住』川守田英二＝著／中島靖侃＝編／たま出版
・『遠野物語』柳田国男＝著／青空文庫
・『日本伝説大系』みずうみ書房
・『日本の伝説16　阿波の伝説』角川書店
・『日本の伝説22　土佐の伝説』角川書店

・『日本の伝説36 伊予の伝説』角川書店
・「ヨブ記」『聖書　新共同訳』日本聖書協会
・「マタイによる福音書」『聖書　新共同訳』日本聖書協会
・『「オーグリーンは死にました」考』朱雀門出＝著／Kindle版
・『忌録：document X』阿澄思惟＝著／Kindle版
・『どこの家にも怖いものはいる』『わざと忌み家を建てて棲む』『そこに無い家に呼ばれる』（「幽霊屋敷」シリーズ）三津田信三＝著／中央公論新社
・『邪宗門』北原白秋＝著／ゴマブックス
・『のらくろ上等兵』田河水泡／講談社
・https://www.i-manabi.jp/system/regionals/regionals/ecode:2/54/view/7324
・https://www.city.kochi.kochi.jp/deeps/20/2019/muse/hanashi/hanashi10.html
・https://japanmystery.com/koti/kira.html
・http://home.e-catv.ne.jp/naka/mukasi-hanasi/densetu/hime-daruma/hime-daruma.htm
・http://www.hamamatsu-books.jp/category/detail/4e13ed25f351e.html
・http://www.i-repository.net/il/meta_pub/G0000145OTEMON_2030711108

解説――新世代ホラーの旗手、芦花公園の原点

朝宮運河

近年日本のホラー小説がますます面白くなってきた。そう実感しているのは私だけではないだろう。長いキャリアを誇る中堅・ベテラン作家からここ数年でデビューした新鋭まで、多様な書き手がそれぞれ力のこもったホラー小説を毎月のように発表しており、書店に出かけると目移りがしてしまうほどだ。

個人的感触によると、潮目が変わったのは二〇一五年、澤村伊智が『ぼぎわんが、来る』で鮮烈なデビューを飾ったあたりである。その前後から実力と個性をそなえた書き手がホラー界に続々参入し、ジャンル内部を活性化させるとともに、読者の裾野を大きく押し広げたのだ。日本のホラーは今まさに、豊かな実りの季節を迎えている。

芦花公園はそんなホラーの新時代を象徴するような書き手である。

　東京に実在する都立公園と同じペンネームをもつこの作家は、二〇一八年ウェブ小説サイト〈カクヨム〉にて執筆活動をスタート。ホラーを中心に複数の作品を投稿していたが、二〇二〇年夏にそのうちの一編である「ほねがらみ――某所怪談レポート――」がツイッター上などで大きな話題となったことから、商業作家としてデビューを果たした。同作は二〇二一年四月に幻冬舎より『ほねがらみ』として書籍化。私たちが今手にしているこの文庫版は、単行本版にさらなる加筆修正を施した最新バージョンだ。

　現代のホラーシーンにあって、芦花公園という作家の存在を際立たせているのは、ホラージャンル全般へのリテラシーの高さだろう。今日活躍する若手ホラー作家の多くは、自らが活躍するジャンルへのこだわりを公言しているが、そんな中でも芦花公園のホラーマニアぶりは際立っている。

　『ほねがらみ』の「はじめに」において著者は語り手〈私〉の口を借り、自らのホラー遍歴を語っている。『学校の怪談』などの児童書から『新耳袋』などの怪談実話本、貴志祐介、三津田信三などのホラー小説に、伊藤潤二らのホラー漫画、そして「くねくね」に代表されるネット怪談――。

幼い頃から怖い話に惹きつけられ、今では怪談の収集を趣味にしているという〈私〉の熱を帯びた語りは、そのまま芦花公園のホラーへの信仰告白といっていいものだ。単行本版でこのくだりを読んだ際には、ホラー至上主義的な著者のスタンスを微笑(ほほえ)ましく感じるとともに、いつの時代も変わらぬお化け好きの姿に共感を覚えたものだった。

ここで注目しておきたいのは、〈私〉＝芦花公園がホラー小説やホラー漫画と並んで、怪談実話やネット怪談の影響を公言していることだ。フィクションに怪談実話の要素を取り入れることは、近年のホラー小説界の大きなトレンドであり、芦花公園のホラー遍歴はそうした潮流とぴったり重なり合う。創作と実話、紙媒体とウェブ空間が相互影響しあう現代日本のホラー文化が、芦花公園という異才を生み落としたと表現することもできよう。

では、無数のツイッターユーザーを震えあがらせた『ほねがらみ』とは一体どんな小説なのか。ネタばらしに留意しつつ、簡単に内容を紹介しておこう。

語り手の〈私〉は大学病院に勤務する男性の医師。怪談収集を趣味とする彼のもとには、メールや手記、テープ起こしなどの形で、いくつもの恐怖体験談が寄せられてくる。『ほねがらみ』はそれらの原稿と〈私〉による考察を掲載したドキュメンタリータッチの小説だ。「読」と題された第一章では、ホラー好きの兼業漫画家・木村沙織がオフ会で知り合った主婦・由美子から提供されたという、四つの怪談が収められている。中学生の体験談や学生サークルの日記、民俗学者の手記など、由美子から送られてきた四つの文章を読み終えた沙織は、そこにある共通点があることに気づく。

続く「語」の章は、〈私〉の先輩にあたる精神科医が記録した症例研究資料を、小説風に書き起こしたものだ。語り手の佐野道治は出版社に勤務している友人の雅臣から、「実話系怪談コンテスト」の応募原稿を託される。そこにはある家に伝わる奇怪な埋葬法や、呪われた小屋にまつわる怪談が記されており、それを読んだ道治の周囲でも妙なことが起こり始める。第三章の「見」では、喘息の娘のために空気のいい田舎に移住したシングルマザー・鈴木舞花を見舞った悲劇が、ある人物の手によって記されていた。

一見繋（つな）がりがないように思えるこれらの原稿は、実はさまざまな部分でリンクしており、ひと連なりの大きな怪異譚として読むことが可能だった。作中の言葉を借りるなら、本書は「ひとつの映画をバラバラに見せられているような感覚」を味わえるメタフィクション的なホラーであり、怪談の謎解きに挑むことで新たな恐怖が浮かび上がってくるという、考察系のホラーミステリーになっているのだ。

もっともこうした試みに先例がないわけではない。複数の書簡や手記によって長編を構成するという手法は、ブラム・ストーカーの『吸血鬼ドラキュラ』以来古典的なものだし、近年では『どこの家にも怖いものはいる』の三津田信三や『出版禁止』の長江俊和などの書き手が、断片的なテクストの裏側から真相が浮かんでくる考察系のホラーやサスペンスを得意としている。作中で言及されている阿澄思惟の電子書籍『忌録：document X』もこの系統に属する作品だ。

『ほねがらみ』はこうした先行作品の手法を引き継ぎながら、よりスケールの大きい伝奇的・土俗的な闇の領域を表現したところに特徴がある。作品全体を貫くキーワードは〈蛇〉と〈贄〉。後半の三章で明らかにされるおぞましい真相には、誰しも驚かされるはずである。


驚くといえば本書が小説でありながら、ノンフィクションに近いスタイルで書かれていることに驚かれた方もいるかもしれない。これも近年のホラー小説では比較的よく見られる手法だ。

たとえば小野不由美『残穢』や澤村伊智『恐怖小説 キリカ』、芦沢央『火のないところに煙は』などの作品では、作者自身を思わせる語り手が登場し、怪異の体験者や記録者となることで、虚実のあわいに生まれる生々しい恐怖を表現している。

『ほねがらみ』が扱っているのも、まさにこの種類の怖さである。作者はドキュメンタリー的な叙述を採用し、そこにさまざまな視点や声を織り交ぜることで、〈私〉を取り巻く現実をリアルに再現する。その一方で、彼の日常が超自然的なものに侵犯されていくさまを、克明に描いていく。

　趣味として怪談を集め、考察する立場だったはずの〈私〉が、いつしか怪異の当事者となっていく不気味さ。『ほねがらみ』全編に漂う禁忌に触れているような感覚は、この虚実のあやういバランスに因るところが大きいはずだ。そしてこの恐怖は、私たち読者にとっても決して他人事ではない。

　というのも、傍観者だったはずの〈私〉が考察によって怪異に巻き込まれたのなら、その告白を読んでいる私たちもまた、怪異の当事者となる可能性が十分にあるからだ。虚実の境を超越し、ウイルスのように拡大し続ける怪異。『ほねがらみ』は読者自身が体験者となることで初めて完成する、危険で洒落にならないフィクションなのである。

　これらの特徴と並んで個人的に印象的だったのは、個々の怪談のクオリティの高さである。たとえば「語」の章に収められている子供の葬儀にまつわるエピソード。田舎の旧家に伝えられる秘密の儀礼、という着想自体はネット怪談でおなじみのものだが、葬儀の最中にやってくるモノとそれを見た人々の反応がなんとも恐ろしい。著者のインタビューによると実話がベースにあるらしいが、こんな怪談はなかなか書けるものではない。

あるいは幽霊物件怪談として一読忘れがたい、凄絶な鈴木母子のエピソード。〈私〉の病院に異様な患者が訪ねてくるシーンにいたっては、思わず悲鳴をあげてしまうほどだった。その他の作中作でも不条理な展開とディテールが効果を上げており、作者の怪談マニアぶりと天性のセンスを感じさせる。

そしてもうひとつ印象的だったのは、次々に登場する常軌を逸したキャラクターたちである。「ですからねぇ」という特徴的な語尾で話す主婦の由美子、どこか信頼できない語り手である道治、豹変した姿で〈私〉の前に現れる元医大生・水谷。こうしたキャラクターたちの言動が、ただでさえ恐ろしい本書をより不穏なムードで覆っている。異常なキャラクターの言動を描かせると、この作者は抜群に上手い。

その他にも、字面やフォントを用いた恐怖表現や、民俗学的考証の面白さなど、指摘したい長所は多々あるが、重要なのはそれら大小のテクニックが、すべて〝怖さ〟に奉仕しているという点である。作者は読者を恐怖させるというゴールに向かって、ただ闇雲に突っ走っている。私が『ほねがらみ』にもっとも感銘を受けたのはこの部分だった。

単行本刊行時、私はそうした芦花公園のスタンスを頼もしく思う一方で、この作者はデビュー作で書きたいことを書き尽くしてしまったのではないか、との不安も抱いていた。しかしまったくの杞憂だった。

二〇二一年五月、芦花公園は早くもデビュー第二作となる『異端の祝祭』を発表。実話テイストの『ほねがらみ』とは対照的にキャラクターを立てたエンタメ色の強い作風で、〝和製ミッドサマー〟として話題を呼んだのは記憶に新しい。今年（二〇二二年）二月には、『異端の祝祭』の続編にあたる『漆黒の慕情』も刊行されている。デビューから一年あまり、芦花公園の名前はエンタメホラー小説の書き手として、すでに広く認知されたといっていいだろう。

本作はそんな新世代ホラーの旗手・芦花公園の原点として、今後も読み継がれていくはずである。鈴木光司の『リング』から三十年、三津田信三の『ホラー作家の棲む家』から二十年後に誕生した日本ホラー小説の重要作を、ぜひじっくりと味わっていただきたい。

――ライター・書評家

本文デザイン　鈴木成一デザイン室

この作品は二〇二一年四月小社より刊行されたものを一部修正したものです。

ほねがらみ

芦花公園（ろかこうえん）

令和4年5月15日　初版発行

発行人——石原正康
編集人——高部真人
発行所——株式会社幻冬舎
〒151-0051東京都渋谷区千駄ヶ谷4-9-7
電話　03(5411)6222(営業)
　　　03(5411)6211(編集)
　　　振替00120-8-767643
印刷・製本—図書印刷株式会社
装丁者——高橋雅之

幻冬舎文庫

ISBN978-4-344-43194-2　C0193　　ろ-1-1

幻冬舎ホームページアドレス　https://www.gentosha.co.jp/
この本に関するご意見・ご感想をメールでお寄せいただく場合は、
comment@gentosha.co.jpまで。